KB170449

분위기를 모르는 남자

이진숙 수필집

초판 발행 2015년 6월 22일
지은이 이진숙
펴낸이 안창현 **펴낸곳** 코드미디어
북 디자인 Micky Ahn **교정 교열** 성건우

등록 2001년 3월 7일
등록번호 제 25100-2001-5호
주소 서울시 은평구 갈현1동 419-19 1층
전화 02-6326-1402 **팩스** 02-388-1302
전자우편 codmedia@codmedia.com

ISBN 979-11-86104-23-1 03810

정가 10,000원

분위기를 모르는 남자

이진숙 수필집

북코리아 미디어

작가의 말

막상 수필집을 내려고 하니 자신이 없었다.

얼마나 많은 책들이 하루에도 몇십 권, 몇백 권씩 쏟아져 나오는데, 나의 부족한 글이 어찌 이들 속에서 눈에나 띌까 걱정 반 부끄러움 반이었다. 그러나 여러 가지 이유로 책으로 묶어야겠다고 마음먹었다. 사실 써놓은 것 중에는 10년이 넘은 글도 제법 있다. 세월이 너무 경과하다 보니 그때의 생각과 지금의 여러 여건이나 상황이 달라진 것들도 있어 아무래도 출판을 해야겠다는 생각으로 용기를 냈다.

내가 살아오면서, 살아가면서 생각하는 것들. 기억에 남는 것들과 모든 삶에서 느껴지는 색깔들을 내 나름대로 표현한다고 했는데, 어떻게 느껴질지 궁금하다. 그리고 독자의 감성으로 가까이할 수 있는 책이 된다면 하고 감히 기대를 해본다. 첫 수필집을 내면서 괜히 가슴이 설렌다. 아름다운 세상이 되기를 바라면서….

이진숙

Contents

1

멋쟁이가 좋더라

2

은제 예

Contents

3

그리운 것들

4

행복한 골목

Contents

5

하루의 시작

멋쟁이가
좋더라
01

메밀묵과 아버지
5일 장날
멋쟁이가 좋더라
내 어머니
경포대 찰옥수수
도시락과 기름청소
슬픈 교사
가저귀가 위에만 젖었어요
인생 소리

메밀묵과 아버지

유난히 먹는 것을 좋아하는 남편이 출출한지 TV 드라마를 한참 재미있게 보고 있는 내게 메밀묵이 먹고 싶다며 나가자고 한다. 막 재미있는 대목이라 아쉽지만 어쩌랴, 남편이 먹고 싶다는데. 다행히 우리 집에서 멀지 않은 곳에 메밀묵 집이 있어 채비를 하고 나섰다. 경칩이 지나고 춘분이 내일모래인데도 밤바람이 한겨울 같다. 올해는 유난히 눈도 많이 오고 추위가 좀처럼 물러갈 줄 모른다. 남편에게 매달리듯 팔짱을 끼고 걸으니 따스한 기운이 전해져서 추위도 한결 덜했다.

문득 아버지 생각이 났다. 친정식구들은 겨울밤이면 메밀묵을 자주 사 먹었다. 누구보다 메밀묵을 좋아하던 친정아버지는 정情이 많은 분이었다. 내가 어렸을 때는 가족끼리 집에서 놀 수 있는 오락기구라는 게 별로 없어 기껏해야 화투나 윷놀이 정도였다. 우리 집은 겨울밤에 가끔 식구들끼리 모여 민화투 놀이를 했다. 1남 4녀인 우리 형제들은 어머니 쪽을 더 닮았다 해서 둘째 언니와 셋째 언니는 어머니 편이 됐고, 제일 큰언니와 초등학생이었던 나는 아버지 쪽을 더 닮았다고 아버지 편이었다. 그리고 남동생은 중간 깍두기로 놓고 종종 내기를 하곤 했다. 내기가 끝나면 진 쪽이 극장 구경을 시켜 주든가 아니면 메밀묵을 사다 먹었다. 무엇보다 식구들은 아버지가 좋아해서인지 유난히 메밀묵을 좋아했었다.

아버지는 말이 별로 없는 과묵한 분이었지만 인정이 많았다. 가난했던 그 시절 그때에는 어린 소년, 소녀들도 돈벌이에 나서는 아이들이 많았다. 홍시나 깨엿 메밀묵 찹쌀떡 등을 목판에 담아 목에 걸고 다니며 그 추운 겨울밤에 꽁꽁 언 손에 호호 입김을 불어가며 목판을 쥐고 목청껏 외쳐대며 다녔다. "찹쌀-떠-억 사-려어!" "메밀-묵 사-려어!" 어린 목판장수 중 우리 집에 불려오는 아이는 운 좋게 물건을 다 팔고 간다. 아버지는 어린것이 추운데 고생한다며 목판에 찹쌀떡이나 메밀묵이 얼마큼 남았든 그 남은 것들을 모두 다 사줬다. 물건을 한꺼번에 다 팔은 아이는 돈을 받아들고는 추운 밤에 더 고생 안하고 하루 장사를 잘했다는 생각에 신나게 대문을 나서곤 했다.

아버지는 가족놀이를 하지 않은 날에도 가끔 목판 장수가 가까이 지나갈 때면 그들을 불러서 물건들을 다 사줄 때가 많았다. 그 덕택에 우리 식구들은 긴 겨울밤 출출할 때 생각지도 않게 맛있는 찹쌀떡이나 메밀묵을 마음껏 먹을 수 있는 날이 종종 있었다. 이렇게 따스한 배려와 정이 많고 지적知的인 아버지 덕분에 여자라고 대우도 못 받고 중등교육도 제대로 시키지 않았던 그 시절에 우리 자매들은 고등교육까지 모두 받았다. 아버지는 누구에게나 존경을 받았고 주변에서는 법 없이도 사는 산부처님이라고까지 칭송을 하는 분이었다. 우리 오 남매는 늘 이런 아버지의 선구자적인 개방된 사고와 따뜻한 인품을 존경하며 자랐다. 어릴 때 크면 꼭 아버지 같은 사람에게 시집을 가야겠다고 생각했었다.

아버지는 어머니의 모든 어려움도 해결해 주시는 해결사였다. 어떤 날 어머니가 '문이 왜 이렇게 빽빽하지?'하고 혼잣말을 하며 마루 유리창(분합문)을 열었다 닫았다 애쓰는 걸 봤다 하면, 어느새 말없이 문지방 레일에 초를 발라 유리창 문이 사르르 열리도록 해놓았다. 또 부엌에 칼이 잘 안 들겠다 싶으면 어느새 인부를 시켜 칼이 잘 들도록 갈아 놓게 했다. 또 당시엔 온돌방이었는데, 겨울이면 밤사이 방바닥이 식어 식구들이 추위를 느끼고 잠에서 깰까 봐 새벽이면 살며시 일어나 아궁이 깊숙이 장작불을 때어 방을 따습게 해주셨다. 아버지는 가끔 어머니가 무언가에 불만스럽게 투정을 부릴 때면 "어, 오늘 날씨가 좀 흐리려나? 허허…." 하며 웃어넘기곤 해서 싸움을 못 해봤다는 어머니 말씀이다. 막내딸인 내게 "우리 강아지 더 먹으렴!" 하며 고기 한 점이라도 더 얹어 주던 아버지. 눈 오는 겨울이면 아침부터 일어나 관사 앞 길목까지 눈을 다 쓸어 놓았고, 100개 가까운 많은 화초에도 매일 아침 물뿌리개로 물을 주고 출근을 했다. 사랑이 많은 우리 아버지. 이렇게 많은 화초까지 보살펴 주는 아버지의 손길에 우리 집은 언제나 푸르고 싱그러웠다.

남편과 함께 메밀묵을 먹으며 이야기를 했다. 남편을 처음 만나 어느 정도 사귀었을 때, 우리 아버지 같은 사람에게 시집을 가려고 했었다니까 남편이

'내가 아버지처럼 해주면 되잖아.'하고 말한 적이 있다. 오늘 새삼 아버지를 그리워하며 "그때 당신이 우리 아버지처럼 해준다고 했잖아요."라고 했더니, "아니, 내가 당신에게 얼마나 잘 해줘. 나같이 마누라한테 잘 해주는 사람 있으면 나와 보라고 해. 난 당신이 하늘에 있는 별이라도 따오라면 따다 줄 거야. 그런데 당신이 별 따오라는 소리는 안하데? 하하." 헛말이라도 싫지는 않았다. 그리고는 날이 따뜻해지면 장인어른 산소에 찾아가 뵙자며 나를 위로한다. 남편의 얼굴을 바라보며 더욱더 고맙다는 생각을 했다. 남편의 두 어깨가 믿음직스럽고 든든했다. 메밀묵이 참 맛있었다. 한없이 속이 깊고 말없이 사랑을 주시던 우리 아버지가 오늘따라 더욱 그립고 뵙고 싶다.

5일 장날

어찌해야 좋을지! 사랑과 평화가 가득한 세상은 꿈일까. 요즘 젊은 사람들은 모두가 똑소리 나게 똑똑하다. 게다가 스피드시대라서인지 머리에 '레이더'가 달린 듯 예민하고 생각도 빠르고 일처리도 잘한다. 하지만 사람이 살아가는 데 제일 중요한 '사랑'과 '배려'가 부족한 것 같아 안타깝다. 역지사지易地思之 같은 건 생각할 염을 못하는 듯 물질문명은 풍요로 넘쳐나는데 사랑은 극도로 메마른 지금의 현실!

인성 교육이 절실히 필요하다. 충분한 문명의 이기와 풍요 속에서 삶은 굉장히 편해졌다지만, 반면에 깜짝깜짝 놀라는 잔인한 뉴스들로 가슴을 졸일 때가 너무 많다. 앞집 옆집도 신경 쓰지 않고 그저 '나'밖에 모르며 사는 살얼음판 같은 요즘 세상은 무서울 정도다. 이에 비하면 가난했어도 마음만은 여유가 있었고 이웃과도 애틋한 정情과 사랑이 가득했던 옛날 그때가 그립다.

며칠 전 초등학교 동창모임이 있었다. 분명 이제는 나이가 들어 모두 머리엔 희끗희끗 하얀 서리가 내렸는데도 초등학교 때의 친구들을 만나니 그저 반가워 자기 나이는 까맣게 잊어버리고 코 흘리던 초등학생으로 돌아갔다. 너나 할 것 없이 국민학교(지금의 초등학교) 때의 아득한 어린 시절, 옛날 추억들을 떠올리며 즐겁게 아름다운 이야기꽃을 피웠다. 그러면서 그래도 우리는 좋은 세상에서 잘 살았는데, 지금 아이들은 이 험하고 혼탁한 세상에서 어찌 살게 해야 할지 모르겠다고 모두 하나같이 걱정이 태산이었다.

우리 형제들은 공무원이었던 아버지 덕택으로 깨끗한 관사에서 유복하게 자란 편이다. 먹고사는 것조차 어려웠던 그 시절에 많은 농토는 아니지만 그래도 해마다 추수 때면 어김없이 소작인들이 마차로 곡식들을 실어왔고, 우리 형제들은 '보릿고개' 같은 건 모르고 자랐다. 그때 우리 집에는 도자기같이 예쁘게 생긴 작은 질항아리가 여러 개 있었다. 그 속에는 각각 황黃설탕, 하얀 각설탕, 카키색 튜브에 들어있는 초콜릿, 네모난 곽 속에 들어있는 하얀 바둑 껌 등이 있었는데 그때는 이런 것들이 귀했었다.

국민학교 시절 친구들이 우리 집에 종종 놀러 왔었는데 지금 생각하면 설탕물을 먹으러 왔던 것 같다. 지금 아이들이 들으면 웃을 일이지만 그때는 설탕도 참 귀했다. 친구들이 놀러 와서 설탕물 좀 달라고 하면 커다란 놋대접에 물을 가득 붓고 황설탕 몇 숟가락을 넣은 후 한참 저었다. 설탕이 녹아 물이 노르스름하게 되면 친구들이 차례로 한 모금씩 먹었다. '너 다 먹으면 난 못 먹잖아.'하며 서로 많이 못 먹게 다투던 일. 또 숨바꼭질을 하려면 '오시이레(지금의 붙박이장이나 수납장 같은 것)' 등 여기저기 숨을 곳이 많아서 재미있었다는 우리 집 얘기에 또 까르르 웃었다.

어머니가 부지런해서 울안의 한쪽 공간에 닭장을 만들어 닭이랑 오리를 많이 키웠다. 언제나 양계장처럼 계란이 수북하게 쌓여 식구들이 많이 먹기도 하고, 식당을 하는 아줌마들이 종종 우리 집으로 계란을 사러 와서 어머니의 부수입을 올려 주기도 했다. 우리 형제들은 매일 어머니가 정해준 각자의 역할에 대한 책임을 다 해야 했다. 막내딸인 내게 맡겨진 일은 저녁 때 병아리들을 둥지에 몰아넣는 일인데, 요 조그만 병아리들이 측백나무 울타리 밑으로 삐악거리며 요리조리 얄밉게 도망치는 바람에 잡히지 않아 나를 꽤 애태우고 힘들게 했던 유년시절이 떠오른다.

그때는 5일마다 장이 섰다. 나는 장날이 참 좋았다. 사람들이 우리 집에 많이 와서 좋고, 또 모두 나를 예뻐해 주어서 좋았다. 어머니는 장날 아침이면 제일 큰솥에 밥을 무지무지 많이 했다. 그리고 더 큰 솥에는 국을 가득 끓였다. 촌村에서 장 보러 나온 큰 집 동네 사람들은 우리 친척이 아니어도 무조건 우리 집에 들러 뜨끈뜨끈한 국과 밥을 먹고 간다. 마치 우리 집은 오일장마다 여는 무료 국밥집 같았다. “당신은 산부처요, 산부처!” 어머니의 원망 섞인 투덜거리는 소리에 아버지는 늘 “추운데 훈훈하게 밥 한 끼 먹여 보내니 얼마나 좋소.”하고 어머니를 웃기곤 했다. 그러면 어이없어 할 수 없이 따라 웃던 어머니였다.

지금 생각하면 장날마다 손님 아닌 손님을 치르던 어머니가 얼마나 힘들었을까 생각하면서도 힘들고 귀찮은 것 참아가며 늘 아버지 뜻에 따라주었던 어머니가 대단하게 느껴진다. 그리고 늘 주위 사람들이나 친척들을 살피고 너무 어렵다 싶은 집엔 조금이나마 보탬이 될 수 있도록 쌀이나 땔감 등을 마련해주어 다른 사람들의 칭송과 존경을 받았던 아버지. 가족인 아내와 자식들에게도 한결같이 깊은 사랑을 주었던 우리 아버지의 그 훈훈하고 따스한 가슴이 요즘 더 그립고 존경스럽다.

인정이 메마르고 이웃 간에도 문 닫고 사는 각박한 요즈음. 사는 건 힘들지만 마음만이라도 조금씩 참고 서로 배려하며 '나'만이 아닌 '우리'라는 생각으로, 또 남의 자식이라도 잘못하는 것을 보면 내 자식같이 야단쳐줄 수 있는 그런 따뜻한 사회가 된다면 얼마나 좋을까? 옛날 가난했던 시절에도 마음만은 풍요롭고 사랑이 가득했던 것처럼 요즘 젊은이들에게, 또 모든 이들에게 사랑을 심어주고 싶다. 추위에 떠는 사람 뜨끈한 국 한 그릇 먹여 보내고, 담 너머로 떡 접시가 오갔던 옛날의 행복했던 그때처럼 이웃끼리 대문과 마음의 문을 활짝 열고 서로 인사 나누며 웃고 사는 그런 아름답고 훈훈한 사회가 되었으면 정말 좋겠다.

가끔 주위 사람들이 나를 보고 '멋쟁이'라고 한다. 아마도 내가 자주 세계 각국으로 여행을 다니고 글을 쓰며 유난히 분위기를 좋아하는 것. 그리고 옷을 좋아하는 이유로 얻어진 호칭인 것 같다. 옷은 현직에 있을 때에도 '베스트 드레서'라는 소리를 가끔 들었다. 아마도 그날그날 옷에 따라 스카프, 핸드백, 구두까지 색깔을 맞추고 머리 손질을 깔끔하게 하는 것이 좋게 보였던 모양이다. 사실 여자라면 누구나 예쁘게 단장하고 다니는 것은 기본이지만 나는 남들이 다 하는 평범한 것은 되도록 안 하는 편이었다. 나 나름대로 좀 더 남다른 스타일의 멋을 좀 냈다고 해야 할까 그런 까닭인 듯싶다.

내가 유난히 멋 내기에 주력하게 된 나름의 원인 제공자는 바로 우리 언니다. 우리 형제들은 대개 공부를 잘한 편이었다. 그중에서도 내 바로 위, 셋째 언니는 초등학교 1학년 때부터 줄곧 1등만 했다. 옛날엔 사범학교에 들어가기가 참 어려웠다. 지금의 서울대학교에 들어가는 만큼이라고 할까. 그때는 전국의 각 도道에 사범학교는 두 개씩밖에 없었고, 유독 사범학교만 특차로 먼저 시험을 보았기 때문이다. 전국에서 공부 좀 잘한다는 아이는 다 모여 시험을 치르기 때문에 경쟁률이 높아 '하늘의 별 따기'라고까지 했다. 그렇기 때문에 성적이 우수하지 않으면 선생님이 원서를 써주지도 않았다.

그 어려운 사범학교를 영광스럽게도 우리 언니가 남녀 모두 통틀어 1등으로 합격을 했다. 1등의 영예를 한몸에 받은 우리 언니에게 수재로 모교를 빛냈다며, 담임선생님은 물론 교장 선생님까지 축하하러 우리 집에 오는 등 학교가 떠들썩했었다. 그 후 나도 언니를 따라 사범학교에 합격했는데도 불구하고 우리 집에선 특별히 신통하게 여기질 않았다. 그때는 사범학교에 꼴찌로라도 합격만 했다 하면 어지간한 시골에서는 경사 났다고 동네잔치도 하곤 했다. 게다가 언니는 얼굴도 갸름한 계란형으로 예쁘게 생겨 집에 손님들이 오시면 언니에게만 예쁘다고 했고, 아직 어렸던 나에게는 엄마는 언니 자랑에만 여념이 없는 것으로 보였다.

아무튼 나는 언니 때문에 피상적인 피해를 많이 입었고, 억울하다는 생각이 들어 멋 내기를 시작하게 되었었던 것 같다. 아마도 그때부터 나는 더욱 미美에 관심이 많아졌고 멋 차리기를 좋아하게 된 것 같다. 잘 다려진 흰 교복도 내 맘에 안 들면 다시 다려 놓으라고 화를 내기도 했고, 당시엔 여자도 이발소에서 머리를 깎던 시절이라 이발소에 가서 머리를 깎는데 내 맘에 들지 않으면 투정을 부려 이발소 아저씨가 진땀을 빼기도 했다. 그때는 왜 그랬는지 참 우습다.

학교를 졸업하고 발령을 받아 교직 생활을 하면서도 내일 학교에 입고 갈 옷은 언제나 전날 저녁에 미리 생각해서 정해놓고, 그 옷은 따로 걸어 두었다가 다음 날 아침에 입고 출근을 했다. 또 날마다 옷을 바꿔 입었다. 그때마다 내 마음도 상쾌하고 기분이 좋았다. 40년 가까이 교직 생활에서 같은 옷을 연거푸 입고 출근한 일은 거의 없었던 것 같다. 초등학교의 어린아이들은 담임선생님과 온종일 생활한다. 그것도 매일매일, 아니 1년 동안을 오직 담임선생님 한사람과 지내야 하니 얼마나 지루할까. 그러니 옷이라도 자꾸 바꿔 입어 반 아이들에게 새로움을 주어야 할 것 같았다. 좀 더 예쁘고 분위기라도 신선해야 아이들의 기분도 좋아질 거고, 그래야 수업 효과도 있으리라 생각되었다. 초등학교 어린이들을 위해서 '제1의 환경은 교사'라고 생각했다. 안 보는 것 같고 모르는 것 같지만 어린아이들이 더 예민하다. 옷을 좀 다르게 입고가거나 헤어스타일을 바꿀 때면 아이들이 얼마나 좋아하는지 모른다. "선생님 오늘 참 예뻐요.", "선생님 오늘은 머리가 짧아졌네요! 더 예뻐요." 한다.

아이들이 좋아하면 수업분위기도 좋아져 학습능률도 쑥쑥 올라간다. 또 나는 옷 욕심이 많아 평소에도 백화점 아이쇼핑을 종종 한다. 그러다가 쇼윈도나 매장에 전시해놓은 옷 중 맘에 드는 옷이 눈에 띄었는데 가격이 좀 비쌀 경우에는 일단 점을 찍어놓고 집으로 온다. 그런 뒤에 다시 생각해보고 괜찮겠다 싶으면 다음 날 다시 가서 구입을 하기도 한다. 우리 아들이 어렸을 적에 백화점에 따라가는 것은 좋아했는데 내가 2, 3층을 가려고만 하면 은근히 나를 못 가게 팔을 끌어당겼다. 2층과 3층에는 엄마가 좋아하는 옷 파는 곳이란 걸 알았기 때문이다. 엄마가 옷 구경을 시작하면 또 긴 시간을 지루하고 재미없게 끌려 다녀야 한다는 것을 어린 아들도 이미 감을 잡았기 때문이다.

멋쟁이는 옷만 잘 입어 겉만 아름다운 것을 말하는 게 아니다. 겉과 속이 함께 어우러지는 아름다움, 그것이 아름다움이고 진정한 '멋쟁이'이다. 그러므로 난 옷 잘 입는 사람이 좋다. 옷을 잘 입는 사람은 대체로 생동감이 있고 진취적이다. 무엇인가를 알려고 노력하고 책도 많이 읽는다. 예술적인 감각이 남다르고 분위기를 알며 낭만을 알기 때문이 아닐까 한다. 또한 옷을 잘 입는 여자는 대체로 집안 살림도 깔끔하게 잘 꾸려나가며 부지런하다. 안목이 있기 때문에 집안 환경도 잘 꾸민다. 옷도 무조건 비싼 옷이 아니라 같은 옷이라도 센스 있고 색깔을 잘 맞추어 입을 줄 아는 사람, 그것은 지혜로움이다. 물론 나의 희망 사항이겠지만, 그런 이유로 나는 며느릿감도 옷 잘 입는 여자를 얻고 싶다.

아무튼 모든 면에서 멋쟁이가 좋다. 깔끔하고 부지런하고 무언가 늘 생각하는 사람. 여행을 하면서도 감동할 줄 알고 느낌을 표현할 줄 아는 사람. 나이가 들어도 자기 관리를 잘하는 사람이 좋다. 옷을 멋있고 품위 있게 입을 줄 아는 사람. 이런 사람이 멋쟁이다. 그리고 틈틈이 적어도 한 달에 한두 번쯤은 전시회장을 찾을 줄 아는 여유와 연극과 음악도 감상하며 즐길 줄 아는 사람. 그리고 나이가 들어도 분위기 있는 찻집에서 차향을 음미하며 감동할 줄 아는 사람이 좋다. 이런 사람이 진정 멋쟁이다. 그런 멋쟁이가 좋다.

진정 그런 멋쟁이가 되기 위해 더욱 노력할 것이다. 앞으로는 각종 세미나에 더 많이 참석하고, 글도 더 열심히 쓰고, 여러 곳 여행 다닌 것과 앞으로 다닐 여행 후의 아름다운 기행문도 발표해 지인들에게 호감을 주는 작가로 거듭나도록 노력해야겠다. 겉과 속이 알찬 노년의 멋쟁이, 운동도 수영, 헬스, 등산 등 지금처럼 꾸준히 나 자신을 잘 관리하고 수련하여 몸과 마음이 건강한 멋쟁이가 되고 싶다. 늙어갈수록 더욱 우아하고 품위 있는 겸양지덕을 갖춘 아름다운 '멋쟁이'가 되고 싶다.

내 어머니

한없이 자애로우면서 양반이 지켜야 할 체통과 지知, 덕德을 강조한 분이 아버지라면 어머니는 행行을 훈육했다. 어렸을 땐 어머니가 참 무서웠다. 우리가 잘못했을 때는 꼭 목침 위에 올라서서 벌을 받는데, 몇 대를 맞을 것인지 물어보고 그 대답만큼 회초리로 종아리를 맞으며 반성을 해야 했다. 나는 어머니에게 혼나고 벌 받을 때마다 속으로 아버지가 빨리 퇴근하고 오기만을 기다렸다. 아버지가 오면 '우리 강아지' 하며 내 편을 들어 주니까. 그러나 어머니의 그 대쪽같이 바르고 깔끔한 성격 때문에 우리 오 남매가 모두 곧고 바르게 잘 자란 것 같다.

평생 공직에 있었고 정도正度에서 한 치의 어긋남이 없었던 우리 아버지. 가끔 아버지가 답답하다고 하지만 집안의 무슨 일이든 아버지가 어떠한 결정을 하더라도 언제나 남편의 뜻에 따라 조용히 내조하던 어머니. 정말 내 어머니는 현명하고 지혜롭고 현숙한 아내였고, 어머니였다고 생각된다. 그래서 지금은 돌아가셨지만 내 친정어머니를 존경한다. 그렇게 자라면서 배운 그대로 나도 내 자식들에게 끊임없이 가르쳤고 이제는 내 아이들도 모두 시집장가가서 자기들 생활을 잘하고 있어주어 고맙다. 우리 어머니의 훈육방법이 참 바람직한 것 같아 내가 자라면서 배웠던 것을 우선 생각나는 대로 몇 가지만 적어보려 한다.

식사 시간 (밥상머리 태도)

밥상엔 아버지만 양반다리로 앉고 나머지 식구들은 무릎을 꿇고 앉는다. 상 옆에 있는 밥통에서 각자 자기 공기에 밥을 푸되 꼭 먹을 만큼만 퍼서 먹는다. 단 밥을 더 먹을 수는 있어도 남기는 사람은 혼난다. 먹던 밥은 침이 닿아 상하기 때문에 도로 밥통에 담을 수도 없고 다른 사람이 먹을 수도 없다는 어머니 말씀이다. 또 밥이 많다 싶을 땐 먹기 전에 미리 덜어내고 먹을 것. 그리고 아버지가 수저를 들면 식사 시작이다

반찬을 집어 먹을 때도 한번 젓가락이 닿은 건 싫어도 가져가야지 자기가 먹던 젓가락으로 뒤적이거나 집었다가 놓고 다른 반찬을 가져가면 안 되었다. 다른 사람에게 불쾌감을 준다는 것이다. 또한 밥을 입에 넣고 말해서도 안 된다. 입안에 밥이 있어 무슨 말인지 알아듣기 어렵고, 입안의 밥알이 튀고 흘리기 때문이니 밥을 다 삼킨 후에 말을 하라는 것이다.

변명이나 공치사하지 않기

어른에게 꾸지람을 들을 때 말대답을 하거나 억울해도 변명을 하면 혼났

다. 속으로 참고 3일만 지나면 사실은 저절로 나타나고 규명이 된다는 것이 어머니의 지론이다. 아울러 잘한 일, 훌륭한 일을 했다 하더라도 자기 입으로 자랑하거나 생색을 내며 공치사를 하면 오히려 깎인다고 했다. 가만히 있어도 옳고 그른 일은 저절로 판명이 난다는 말이다. 또한 고자질은 절대로 엄금, 오히려 벌을 줬다.

신발은 깨끗하게

내가 초등학교 1학년 때, 마루에서 신발을 신으려 내려오다 잘못하여 땅을 먼저 딛게 됐고 그대로 신발을 신는 것을 마침 어머니가 봤던 적이 있다. 즉시 우물로 끌려가 신발도 씻고 발도 씻고 나서야 신발을 다시 신었다. 요컨대 신발이란 발을 깨끗하고 안전하게 보호하려고 신는 것인데, 땅바닥을 딛고 더러워진 발로 신발을 신으려면 맨발로 다니지 뭐하러 신발을 신고 다니느냐는 것이다.

그때 그 신발은 귀한 신발로 '고무 구두'라고 했었다. 고무로 만든 신인데도 흰 바탕에 온통 꽃무늬가 많았고 옆쪽엔 같은 고무로 만든 노란색 나비 리본까지 달린 정말 색깔 예쁜 신발이었다.

청소

청소는 맡은 곳만 하면 되었다. 자기 맡은 곳을 다하고 다른 형제를 도와줄 경우엔 어머니가 따로 상을 주셨다. 그리고 청소는 보이는 곳보다 보이지 않는 곳을 더 깨끗이 해야 한다고 했으며, 집안에서 제일 깨끗이 청소해야 할 곳은 화장실이라고도 했다. 어렸을 때 우리 집에 손님이 오실 때도 어머니가 제일 먼저 신경 쓰시는 곳은 화장실 청소였다.

어렸을 때 어머니 교육이 생각나서 내가 젊었을 때는 보이지 않는 곳에 쌓인 먼지 청소한다고 무거운 가구들을 이리저리 자주 옮겨 남편과 가정부가 꽤 귀찮아했던 기억도 난다.

담당업무

우리 형제들은 엄마에게 부여받은 각자 담당할 일이 있었다. 큰언니, 작은언니, 셋째 언니보다는 나는 막내딸이라고 좀 쉬운 일로 배당해줬다. 국민학교 때 병아리를 둥지에 몰아넣는 일은 내가 책임지고 해야 할 나의 담당 일이었었는데, 병아리가 없어지고부터는 손님 오실 때 화장실에 꽃 꽂아놓는 일로 바뀌었고 꽃은 우리 집 화단에 꽃이 피어 있을 때만 해당이 되었다. 담당 업무는 때에 따라 가끔 바뀌었다.

약속

무슨 일이 있어도 약속은 꼭 지켜야 한다는 것. 적어도 약속시간 10분이나 늦어도 5분 전까지는 약속장소에 나가 있어야 한다는 것이다. 그래야 확인이 되고 만약 피치 못할 사정이 생겨 못 나가거나 늦을 경우엔 미리 연락을 할 것이며 또한 약속을 했는데 3번 이상 어기는 사람과는 가깝게 사귀지 않는 것이 좋다는 어머니 말씀이셨다. 그런 사람은 이미 책임감도 신의도 없는 사람이니 믿지 말라는 뜻이다.

걸을 때 자세(똑바로 걷기)

길을 걸을 때 길바닥에 반듯한 선이 보이면 그것을 기준으로 삼아 똑바로 걸어야 가슴과 어깨가 저절로 바로 펴지게 되고 자세가 바르게 된다고 했다. 예를 들면 도로에 하수구를 막은 콘크리트 선이라든가, 길옆 풀이 나 있는 선이라든가. 아무튼 내 나름대로 바르게 걸으려고 신경을 썼다. 지금은 보이는 선들이 참 많다. 보도블록의 선이나 인도의 가드 라인, 건물 실내에는 대리석 바닥 등등 선이 무수히 많다. 나는 지금도 습관처럼 버릇이 되어 나도 모르게 그 선들을 따라 밟으며 걷게 된다. 그래서 그런지 남들이 나보고 걸음걸이의 자세가 참 바르다고들 한다. 올해 여든이 넘은 우리 큰 언니부터 오 남매 모두 걷는 자세가 바른 것은 아마 어머니의 교육 덕택인 것 같다.

식전 사과 먹기

아침엔 눈 뜨자마자 사과를 먹었다. 아침 사과는 금金이라고, 또 예뻐진다고들 한다. 나는 셋째 언니와 반쪽씩 나누어 먹었다. 나중엔 노르스름한 '인도'와 '데리셔쓰'라는 이름의 파랗고 알이 큰 맛있는 사과도 나왔지만 내가 어렸을 때는 사과 종류가 '홍옥'이나 '국광'이 다였던 것이 기억난다.

쌀뜨물에 얼굴 씻기

쌀뜨물에 세수하면 예뻐진다고 어머니는 쌀 씻은 물을 꼭 받아놓고 딸들을 씻게 했다. 지금은 전기밥솥이 있어 때마다 밥을 하지 않지만 그때는 하루 세 번씩 밥을 하니까 쌀뜨물도 많았다. 난 요즘도 가끔 밥을 할 때 쌀뜨물을 받게 되면 아까워 세수를 하고 버린다. 가끔 오는 며느리에게도 쌀을 씻게 될 때 쌀뜨물을 받아주며 미백과 영양물이니 씻으라고 하면 며느리가 웃는다.

내 것이 아닌 물건에는 절대로 만지거나 건드리지 않기

내 것이 아닌 것은 가족일지라도 건드리지 말 것. 있는 곳에 그대로 놔두면 주인이 찾아간다는 것이다. 가족 우편물도 본인이 아니면 예의가 아니니 절대 개봉해서는 안 된다는 것이다. 그래서인지 지금 이 나이에도 내 물건에 손 타는 것이 싫다. 그리고 내가 해놓았던 그대로 안 있으면 매우 기분이 나빠 규명한다.

출필고出必告 반필면反必面

확실하게 나갈 때는 반드시 행선지를 밝히고 나갈 것이며 들어와서는 꼭 얼굴 보고 들어 왔다는 걸 알리라는 것. 이것 역시 그대로 내 자식들에게도 강조하며 가르쳤다. 지금은 두 아이 아빠가 된 우리 막내아들이 초등학교 1 학년 때의 이야기다. 그때는 어린이 유괴가 심할 때였다. 그래서 우리 아들에게도 시계도 안 채우고 옷도 일부러 허름하게 입히며 조심하던 때였다. 그날도 담임선생님이 반 아이들에게 낯선 사람이 무슨 말을 하더라도 절대 그 말을 듣고 따라가면 안 되며, 밖에 나갈 때는 엄마한테 꼭 말씀드리고 나가야 한다고 열심히 지도를 했다고 한다. 그런데 선생님 말씀이 끝나자마자 우리 아들이 손을 번쩍 들고 '선생님 출필고 반필면이요!'라고 큰소리로 발표하니 선생님께서 '아유 어떻게 그런 어려운 말을 다 알지?'하고 깜짝 놀라게 했다는 이야기도 들었다.

위계질서

우리 집은 아무리 화가 나서 다투게 되더라도 형제간에 윗사람인 언니에게 '너'라는 말을 해서는 절대 안 되었다. 그리고 윗사람 말에는 이의 없이 순종하라는 것이었다. 이를 어길 시에는 벌을 받았다. 한번 내 바로 위의 셋째 언니랑 다투고 순간 너무 미워서 언니라는 말이 정말 하기 싫었다. 그래서 '언니'라는 호칭 대신 '자기'라고 했다가 엄마한테 큰 꾸지람을 들은 적이 있다. 지금도 그 위계질서는 충실히 지켜지고 있다.

빌리거나 꾸지 않기

남에게 물건이나 돈을 빌리지 말고 없으면 없는 대로 자기 분수에 맞게 살라는 것이다. 외상도 하지 말라고 하셨다. 결국 자기 돈 줄 거면서 비굴하게 저자세가 될 필요가 없다는 것이다. 그래서 지금까지 물건을 빌리거나 돈을 꾸는 일은 거의 안 하고 살아온 것 같다. 우리가 젊었던 7, 80년대는 직장에서 월부외상들을 많이 했다. 그때는 월급을 현금으로 주었기 때문에 월급날만 되면 월부장사들이 돈을 받으러 직장으로 많이 왔었다. 남자직원들은 주로 술값이고 여직원들은 책이나 화장품값이었다. 그렇게 월부를 많이 할 때도 난 월부로 뭘 사는 일이 거의 없었다. 지금은 카드 시대로 무이자일 때만 어쩌다 할부를 하지만 신경 쓰는 게 싫어서 현금 아니면 거의 일시불로 한다.

이 밖에도 내 어머니의 남다른 가르침이 많았지만 나름 생각나는 대로 몇 가지만 적어보았다. 나도 어느새 손자 손녀들을 둔 할머니가 되었으니 내 어릴 적 이야기인데도 아득히 먼 옛날이야기 같이 느껴진다. 세월이 많이 지난 지금, 이미 아버지 어머니가 다 돌아가시고 안 계시지만 부처님 같았던 내 아버지의 무언의 가르침과 어머니의 따끔했던 가르침이 나를 지금까지 큰 잘못 없이 반듯한 생활을 하며 잘 살아올 수 있게 해 준 것 같아 감사하다. 그리고 편하고 화목한 가정에서 잘 키워 주신 부모님께 새삼 또 감사드리며 행복했던 어린 시절이 그리워진다.

요즈음 사회가 혼탁하고 범죄가 난무하는 이때, 학교 교육도 중요하지만 무엇보다도 사람들 개개인의 인성 교육은 가정에서부터 이루어져 밑바탕이 되어야 하겠고 '어머니'가 그 중심에 서서 바르게 이끌어가야 한다는 것이다. 특히 엄마의 역할은 매우 중요하다. 아이들에겐 '엄마가 제1의 교사'다. 아이들은 젖먹이 때부터 엄마와 접하며 산다. 어려서부터 예의범절, 질서, 어른공경, 바른 행동, 언어(말씨), 가족사랑, 봉사 정신 등등…. 모두가 어머니가 담당하고 훈육해야 할 과제다. 그래서 어느 집이나 가정에서 엄마의 역할이 아이들에게 미치는 영향이 지대하므로 엄마는 좋은 본보기로, 좋은 선생님으로, 훌륭한 엄마로서의 역할을 다 해야 할 중요한 임무가 있다. 그것이 곧 인성 교육이다. 모든 것이 그렇듯 기본이 있어야 할진대, 마찬가지로 어려서부터 가정에서 인성 교육이 잘 되어야 집단이 잘 되고 사회가 안정되며 나아가 나라도 바르게 설 것이라 생각된다. 다시 한 번 강조하지만 모든 어머니는 나라의 근원이요 힘이다.

경포대 찰옥수수

여기쯤이었던가? 당시에 두 살짜리였던 조카딸이 아이들 교육 때문에 지금은 캐나다에 가서 살며, 나이도 마흔을 훨씬 넘었으니 벌써 40년 전 이야기가 된다. 언니랑 형부가 조카를 데리고 경포대로 휴가를 가는데 철도 없이 나도 같이 따라갔었다. 지금 생각하면 언니는 그때 아직도 신혼이었다.

우리는 바닷가에 텐트를 치고 여름을 즐겼었다. 무수히 많은 사람과 바다와 함께 나도 한바탕 수영을 하고 텐트 속으로 들어가 보니 김이 무럭무럭 나는 찰옥수수가 한 쟁반이다. 무엇이든 손이 큰 형부가 처제도 많이 먹으라고 많이 샀단다. 길쭉하고 알이 꽉 찬 옥수수를 집어 들고 먹기 시작해서 배가 부르도록 세 자루나 먹었다. 금방 찐 것이라 옥수수 알이 쫀득쫀득하고 톡톡 튀어나와 얼마나 맛있던지 지금도 그 맛을 잊을 수가 없다. 옥수수를 별로 좋아하지 않았던 내가 그 후로는 '찰옥수수'하면 그 맛이 그리워 사 먹곤 하지만 그때처럼 맛있는 찰옥수수는 아직도 못 만난 것 같다.

그때는 이 경포대의 바닷가 모래가 깨끗해서 아기인 어린 조카와 모래 장난도 하고 모래찜질도 하며 놀았다. 오늘 이 자리, 그 깨끗했던 백사장이 온통 쓰레기들로 덮여있다. 먹다 버린 캔 뚜껑과 플라스틱 쪼가리, 파도에 밀려온 쓰레기들이 모래와 섞이고 말라붙어 보기 흉했다. 지금은 오물들이 많아 모래찜질은커녕 모래 장난도 어려울 것 같다. 안타까운 일이다. 독일을 여행했을 때 그 나라의 도시며 정돈된 산과 들의 자연이 너무나 깨끗하고 아름다워서 가이드에게 물어봤다. "독일 국민은 자연환경을 얼마나 사랑하는지 국민 모두가 어릴 때부터 '자연 보호는 곧 나의 생명이다.'라는 교육을 받는다. 부모들의 철저한 교육의 영향으로 모든 국민이 당연히 그렇게 생각하며, 모든 생활의 기본을 먼저 '자연환경'에 두고 생활을 한다."고 했다. 우리 국민 모두가 배울 점이다. 우리도 이제 IT 강국, 세계 속의 한국인으로 국민 모두가 저마다 조심하고 자기 쓰레기는 자기가 처리를 할 줄 알아야 한다. 우리 모두 아름다운 환경을 만들려는 마음으로 조금만 더 신경을 쓴다면 온 나라 구석구석이 깨끗하고 아름다워질 것이라 기대해본다.

우리 설국회 회원들은 모두 목장갑을 끼고, 비닐봉지와 빗자루를 들고 바닷가로 나가 쓰레기를 치우기 시작했다. 줍고, 쓸어 모으고, 나뭇가지 같은 것은 잘게 부러뜨려 자루에 담았다. 그리고 쓰레기들이 가득 담긴 비닐자루들은 한곳으로 모아 운반하기 좋게 옮겨다 놓기도 하고, 땀을 뻘뻘 흘리며 열심히 청소를 했다. 청소를 시작한 지 한참이 지나자 더러웠던 해변이 모래를 하얗게 빨아놓은 듯 깨끗해졌다. 청소 후의 이 상쾌함과 뿌듯함! 회원들 모두가 박수를 치고 소리를 지르며 환호했다. 바다가 한층 더 파랗게 보였다. 바닷바람이 시원하다. 푸른 바다와 파란 하늘, 하얗게 밀려오는 파도! 두 팔을 벌리고 바다를 부른다. 가슴이 부푼다. 우리 회원들은 제각기 어릴 때처럼 모래 속에 파묻힌 예쁜 조개껍데기도 찾아보고 모래사장 위를 뛰어다녀 보기도 했다. 또 불어오는 바닷바람에 휘날리는 스카프를 목에 두르며 멋진 포즈로 사진도 찍으며 나이를 잊은 채 즐거운 시간을 보냈다.

이렇게 아름다운 대자연! 우리가 숨 쉬고, 보고, 느끼고, 편히 쉴 수 있는 안락함까지. 자연은 모든 것을 사람에게 내어준다. 훼손을 당해도 끊임없이 베푸는 자연에게 죄스럽고 미안한 마음과 함께 한없이 고맙고 또 고마웠다. 한시도 자연을 떠나서는 살 수 없는 사람들, 그게 바로 우리인데…. 언제나 변함없이 삶의 터전과 아름다움을 주는 자연에게 다시 한 번 무한한 고마움을 느낀다. 이제 진정 우리 모두가 자연을 더욱더 아끼고 사랑하며 살아가야겠다는 마음을 새로이 가슴에 새기며 회원 모두가 뿌듯한 마음으로 서울로 돌아왔다. '봉사한다는 것'은 힘들지만 봉사를 하고 난 후에는 언제나 뿌듯한 보람과 행복을 느끼게 된다. 아, 시장엘 다녀와야겠다. 갑자기 찰옥수수가 먹고 싶어졌다.

도시락과 기름청소

지금은 학교마다 교실 바닥이 질 좋은 마루로 된 곳이 많고, 그 외 카펫이나 합성으로 쿠션이 좋은 우레탄도 있고 해서 참 좋아졌다. 옛날엔 교실 바닥이 소나무로 만들어져 운 나쁘면 거칠거칠한 소나무 바닥의 가시에 발을 찔려 피가 날 때도 있었다. 그래서 교실 바닥을 부드럽게 하기 위해 대청소 날을 잡아 수업이 끝나면 책상을 모두 뒤로 밀어놓고, 아이들을 교실 바닥의 양쪽 끝에서 끝까지 한 줄로 서게 한 다음 각자 집에서 가져온 들기름을 바르고 마른걸레로 문질렀다. 능률을 올릴 겸 재미있게 하려고 박지와 소리를 맞추어 노래하듯 '하나, 두울, 세엣, 네엣….'하며 열 번을 문질렀다. 그리고 다 같이 줄 맞춰 뒤로 두 걸음씩 물러앉아 다시 똑같은 방법으로 문지르며 교실바닥에 윤을 냈다. 앞쪽을 다 하면 뒤로 밀어놓았던 책상들을 모두 앞으로 밀어놓고 다시 반복했다. 그런 후 일주일쯤 지나면 기름 먹은 바닥 위에 이번엔 양초를 칠하고 먼저와 똑같은 방법을 반복하면 그야말로 교실바닥은 광채가 날 정도로 깨끗해지고, 가시도 없어져 매끄러워졌다.

이렇게 청소가 다 끝나고 책상 줄을 맞출 땐 성취감도 있어서인지 아이들은 신이 났다. 바닥이 매끄러워져 책상을 옮길 때 힘을 주지 않아도 책걸상이 스르르 잘 끌어지니 재미있기 때문이다. 여기서 또 하나 잊을 수 없는 일은 짓궂은 아이들이 장난치려고 교사가 드나드는 앞쪽 출입문의 문지방 주위만 특별히 더 열심히 기름칠과 초칠을 해서 윤을 냈다. 아무것도 모르고 교실에 들어서는 담임선생님이 그만 미끄러워 벌렁 넘어지면 반 아이들은 박장대소 깔깔 우스워 죽는다. 어쩌랴, 순수한 아이들의 장난이니 화를 낼 수도 없는 일. 선생님도 멋쩍게 일어나며 "요 녀석들이."하고 같이 따라 웃을 수밖에….

'도시락'하면 젊었을 때 학급 아동들의 도시락을 데워주던 일이 생각난다. 겨울이 되면 연통이 달린 석탄 난로 위에 산더미처럼 쌓인 아이들의 도시락들을 태우지 않으려고 거의 수업을 못 할 지경이다. 얇고 넓은 사각의 양은 도시락과 직사각형의 좀 두꺼운 도시락들을 타지 않게 균형을 맞춰 쌓아야 하고 계속 위치를 바꿔줘야 하기 때문이다. 칠판에 뭘 좀 적다 보면 밥 타는 냄새가 나 급한 마음에 맨손으로 도시락을 옮기다 손을 데기도 했다. 또 얼른 장갑 끼고 바꿔주어도 어떨 땐 어느새 도시락 안에 있는 밥이 몽땅 새까맣게 타버려 울상이 된 아이의 도시락을 내 도시락과 바꿔먹을 때도 참 많았다. 아무튼 4교시엔 수업은 뒷전 내 손도 바쁘고 김치 냄새, 밥 타는 냄새 덕분에 교실이 훈훈하다. 하지만 점심시간은 늘 즐겁다. 친한 친구끼리 서로 책상을 맞붙여놓고 옹기종기 모여앉아 다정하게 이야기하며 웃고 떠들고. 그렇게 교사도 아이들과 같이 앉아 격 없이 못 했던 이야기도 해가며 도시락을 먹던 그때. 행복했는데….

그 시절엔 요일마다 행사가 많지만 매주 수요일엔 손톱검사, 머리검사, 이 닦기 검사 등의 용의 검사하는 날도 있었다. 요새 아이들이 들으면 웃겠지만 그날은 아이들 머리에 약도 뿌려주고, 머리가 긴 아이들은 방과 후에 담임인 내가 머리를 깎아주는 간이 미용사 노릇도 했었다. 생각해보면 아이들이 머리 깎은 걸 마음에 들어 했으니 내가 머리 깎는 재주가 좀 있었던 것 같다.

지금은 학교급식이 잘 이루어지고 있어 아이들이나 어머니들이 참 편하다. 옛날 어머니들은 아침에 아이들 학교 보내려면 도시락을 몇 개씩 싸느라 눈코 뜰 새 없이 바빴을 텐데, 요즘 어머니들은 학교급식이 잘 이루어지고 있어 편해졌다. 하교 후 아이들을 기다리며 챙기지 않아도 학교에서 밥까지 먹여주니 그 시간에 자기들 볼일도 볼 수 있고, 엄마들이 참 편하다. 변화된 세상에 이질감을 느낀다.

벌써 사십여 년 세월이 흘렀다. 지금은 모든 것이 빠르고 편해져 가전제품 등 모든 기계들이 발달되고, 경제적 수준까지 높아져 삶이 풍요로워졌다. 또 사람들도 지식이 넘쳐 너무 똑똑한 사회가 되었다. 그런데 아쉽고 마음 한구석이 이토록 허전한 건 왜일까. 비록 그때, 경제는 조금 어려웠지만 진심으로 서로 돕고 모든 사람은 저축하며 열심히 그리고 성실히 살았기에 몸은 고되어도 마음은 평화롭고 행복했다. 그리고 학교에서는 학생들은 물론 학부모들까지도 선생님을 신뢰하고 존경했으며, 선생님들은 사명감을 가지고 열심히 교육에 임했고 진심으로 제자들을 사랑하는 그야말로 아이들이나 선생님이나 사제지간師弟之間에 돈독한 정으로 하나가 되었다. 꿈같은 세월, 참으로 아름다웠다.

신뢰감이 희박해진 지금 새삼스레 스승의 그림자도 밟지 않았다던 그 시대의 마음까지 돌아갈 순 없지만 적어도 학부모님들께서는 내 자식을 가르치는 선생님을, 학생들은 내가 배우는 선생님을 사랑과 존경까지는 아니더라도 믿고 잘 따라주었으면 좋겠다. 아무려면 제자들을 잘못된 길로 가르치는 선생님은 어디에도 없을 테니까. 그래서 스승과 제자가 서로 믿고 존중할 줄 아는 사회가 되었으면 좋겠다. 오늘 새삼 아득한 옛날이 생각난다. 서로 사랑하며 배려할 줄 알고 신뢰하며 사제동행師弟同行으로 스승과 제자가 한자리에 같이 앉아 도시락을 먹으며 웃음꽃을 피우던 순수했던 그 시절이 정말 그립다.

옛날에 우리 선조들은 군사부일체君師父一體라 하여 스승은 부모보다도 더 높이 공경하며 스승의 그림자도 밟지 않았다. 서당에서 훈장님이 회초리를 옆에 놓고 잘못하는 학동은 목침 위에 올라서서 종아리가 빨개지도록 맞기도 했단다. 그래도 매를 친 스승에게 그냥 죄송하고 송구한 마음뿐이었고, 그렇게 훈육을 받은 사람들이 부모들에게 효도하고 나라를 사랑하는 애국 충정의 훌륭한 인재가 되었다. 매도 일종의 강화교육이다. 물론 사랑의 매여야 한다. 십여 년 전인가 한참 새 교육이다, 열린 교육이다 해서 아동들은 안정감이 없고 학부모의 소리만 더욱 커지게 만들어 교사의 설 자리가 없어졌는데 오히려 교사 고발센터라는 것이 만들어졌었다. 이 얼마나 한심하고도 슬픈 현실인가. 교사들은 오열했고 스승의 권위는 완전히 땅에 떨어진 때가 있었다.

훌륭한 학부모가 훌륭한 교사를 만든다. 오래전에 내가 모셨던 교장 선생님께서 매 학년 초에 학부모 총회 때마다 하셨던 말씀이 기억난다. 어느 초등학교 교사가 '자연과 수업' 시간에 반 아동이 질문한 풀의 이름을 몰라 당황해하고 있었다. 마침 그 반에 대학교수인 식물학 박사의 딸이 있었는데, 이 광경을 보고 집에 가서 아까의 그 풀 그림을 자기 아빠에게 보이며 물었다. 식물학 박사인 아빠는 모르는 것이 없으니까 당연히 알고 있으리라 믿었다. 하지만 아빠는 모른다고 했고, "내일 학교에 가서 선생님께 여쭈어 보렴. 아마 너희가 공부해 오라고 일부러 그러셨을 거야."라고 하고는 아이 몰래 담임 선생님께 전화를 걸어 그 풀 이름을 알려주었다. 다음 날 학교에서 돌아온 아이가 하는 말이 "아빠 말씀이 맞아요, 우리 선생님은 캡이야. 박사인 아빠도 모르는 것을 우리 선생님은 알고 계셔. 우리 선생님 최고야!"라고 하며 자랑스럽게 이야기하더라는 것이다.

모름지기 이렇게 교사를 돕고 훌륭한 스승으로 존경심을 일으키게 하는 학부모가 있는가 하면 그렇지 못한 학부모들도 있다. 예를 들어 아이가 학교에서 잘못하여 선생님께 꾸지람이나 벌을 받고 집에 와서 '선생님은 나만 미워하는 것 같아.'라고 말했을 때 먼저 아이가 왜 혼났는지, 또 왜 벌을 섰는지를 알아봐야 하는데 선생님이 내 아이에게 상처를 주었다는 사실에만 화가 난 학모자. 그래서 그저 아이의 말만 믿고 '알았어, 내일 엄마가 교장 선생님이랑 만나서 얘기하면 돼.'하며 아이 위로에만 급급한 일부 학부모. 물론 이런 사람은 극소수에 불과하겠지만 대부분의 학부모가 자기 아이가 한 말이 옳다고 믿기 때문에 순식간에 교사는 나쁜 사람이 되고 마는 경우가 생긴다.

'귀한 자식일수록 매를 더 대라.'던 옛 어른들의 말씀도 이젠 옛말이다. 요즘은 자식이 하나 아니면 둘이라 온 정성을 쏟는다. 부모들은 돈이 얼마가 들더라도 자식이 원하고 좋다고 하면 최선을 다해 들어준다. 그러다 보니 아이들은 풍족한 가운데 아쉬울 것이 없어 자기도 모르게 자기만의 세계에 갇힌다. 점점 위아래도 모르고, 어렵고 무서운 것이 없어 예의나 배려가 결여되는 것 같아 안타깝다. 이렇게 개성이 강하고, 귀하게만 자라 제멋대로인 아이들을 데리고 교사들이 아무리 열심히 가르친다 해도 사오십 명이나 되는 학부모들에게 어찌 다 마음에 들 수가 있을까.

선생님들은 교사라는 긍지와 사명감으로 온 정열을 다 바쳐 열심히 가르친다. 열심히 가르칠수록 사랑하니까, 안타까우니까 잘못하는 아이에겐 하나라도 더 알게 하려고 혼내줄 수도 있고 벌을 줄 수도 있다. 그런데 이것이 학부모의 눈에는 '편애하는 교사'로, 또는 '폭력교사'로 치부되어 엉뚱한 오해나 상처를 받게 되는 경우가 있다. 잘못하는 걸 뻔히 보면서도 '체벌도 안 된다.', '큰소리쳐도 안 된다.', '아동들에게 경어를 써라.'하는 어이없는 현실에 교사들은 오열했다.

매스컴의 횡포는 교사의 사명감을 저하하는 요소가 되기도 한다. 교사가 스승의 대접을 받기는커녕 노동자 취급을 받도록 만들고 있는 듯하다. 스승의 날은 왜 정해 놓았는지 그날이 되기도 전부터 신문, TV, 라디오 등 모든 언론매체가 미리 합창을 하듯 '촌지' 운운하여 교사들을 민망하게 한 때도 있었다. 심지어 어떤 학교에서는 그날 교사들이 퇴근할 때 쇼핑 가방을 들고 나가는 것을 몰래 사진으로 찍고, 그 내용물이 무엇인가를 확인해 보도한 곳도 있었다고도 한다. 쇼핑 가방 속의 물건은 세탁하려고 가져가는 체육복이었다고 한다. 참으로 교사의 자존심 이전에 이 얼마나 기가 막히는 일인가. 동서고금에도 없는 고발센터에 무슨 사명감을 가지고 마음 놓고 소신껏 아이들을 가르칠 수 있을까. 이토록 교사 불신시대로 의기소침하게 만들어 놓으니 장차 이 나라의 장래가 어떻게 될 것인가 심히 우려된다.

'스승의 그림자도 밟지 않았다'는 옛날 우리 조상님들이 통탄할 일이다. 교사(스승)의 권위를 이토록 저하시켜 놓는데 아이들이 어찌 스승을 존경하며, 그 아이들이 무엇을 보고 배울 것인가. 우리가 어렸을 때는 어느 가정에서나 아침에 학교에 갈 때면 꼭 어머니께서 '오늘도 학교에 가서 선생님 말씀 잘 들어야 한다.'하고 당부하셨고, 이렇게 말씀하시는 어른들의 말씀에 우리는 선생님은 화장실에도 안 가시는 보통 사람들과 다른 신神 같은 존재인 줄 알았었다. 그만큼 우리 세대의 부모님들은 선생님에 대한 존경심을 늘 우리에게 심어주셨다. 헌데 지금은 어떠한가. 참으로 너무나 변한 현실에 통감하며 명치끝이 아려 온다.

스승 없이 교육이 될 수 없으며, 교육 없이는 아무것도 이루어질 수 없다. 참으로 이 엄청난 일을 해내며 온몸을 다 바쳐 일선에서 고생하고 있는 교사들의 사기를 북돋워 주어야 한다. 그래야 교육이 살고 나라가 산다. 교사들은 별정직 공무원이다. 그냥 월급을 받으러 다니는 사람들이 아니라 특별한 사명감을 가지고 나라를 위해 봉사하는 특별한 직업이다. 따라서 교사들은 한 나라의 제2세 국민 양성을 위한 크나큰 명제 앞에 책임지고 아동들을 가르치며 훌륭한 인재를 길러내는 일에 헌신 봉사하는 사람들이다. 이 일은 아무나 할 수 없는 일이며 누구에게도 침해를 당해서는 더욱 아니 될 것이다.

제자는 스승을 믿고, 학부모는 교사를 믿는 신뢰하는 사회로 하루 속히 환원되어야 한다. 그리하여 사제지간에 보다 더 끈끈한 정으로 맺어져야 한다. 제자는 스승을 진심으로 존경하고 스승은 제자를 더욱 아끼며, 학부모는 '제 자식 매 한 차례 더 때려주십시오.'라고 선생님께 부탁할 만큼 서로를 신뢰하게 될 때. 이것이 진정 사랑하는 것이며 곧 나라 사랑의 근본이 되는 것이다.

교육은 백년지대계百年之大計라고 했다. 나라의 뿌리는 곧 교육으로 굳건히 다져지는 것이라 한다. 교사들이 투철한 사명감으로 마음 놓고 활발히 일선에서 당당하게 지도할 수 있도록 사기를 북돋워 주어야 한다. 그렇게 교사를 적극적으로 믿어주고 밀어줄 때 나라의 기틀은 다져진다. 또 그렇게 함으로써 사랑이 가득한 학교가 되고 아름답고 충실한 사회로 발전될 것이다. 그리하여 정말 좋은 나라, 나아가 세계 속에서 가장 장래가 밝고 튼튼한 나라가 이룩될 것이다.

기저귀가 위에만 젖었어요

아들이 김포공항에서 비행기를 타기 직전이다. "엄마 나 특공대까지 갔다 온 몸이유. 아무 걱정 마세요. 난 엄마가 걱정이야. 아프면 안 돼. '엄마 튼튼'이 '우리 집 튼튼'이잖아요. 이 세상에서 내가 제일 사랑하는 울 엄마, 아침 식사는 꼭꼭 하세요. 알았죠? 미국 가서도 괜히 비싼 전화 자꾸 하게 하시지 말고요. 난 어디를 가서든 잘 먹고 잠도 잘 잘 테니까 응?" 훌쩍거리는 날 끌어안아 주며 웃긴다. 코끝이 찡하다. 막내이기 때문에 아기로만 알았던 내 아들이 어느새 커서 만리타국으로 유학을 가면서도 엄마 걱정을 한다. 떠나기 전날 밤 남편은 아들 보내는 것이 서운했던지 남자끼리 할 얘기가 있다나? 포장마차에라도 가서 한잔 하고 오겠다며 아들을 데리고 나란히 나간다. 부자父子의 그 모습이 흐뭇하고 보기 좋았다. 대견했다. 내가 저 아들을 안 낳았으면 어찌 했을꼬. 아들에 대한 집념이 유난했던 나였다.

내 친정어머니는 내리닫이로 딸 넷을 낳은 다음 끝으로 간신히 아들 하나를 낳으셨다. 그중 나는 넷째 막내딸이다. 언니들 셋 모두 시집가서 별 신경을 안 써도 구색 맞춰 아들딸 잘도 낳았는데, 나는 언니들보다 좀 늦게 시집을 간 데다 딸만 이어 둘을 낳고 보니 내가 친정어머니 닮은 딸이 아닌가 싶어 입술이 바짝바짝 탔다. 어느 날 친정 셋째 언니가 '아들' 소원하는 나를 보다 못해 위로하듯 말을 했다. "애! 아들 없으면 어떠니? 딸이 더 좋단다. 얼마나 예쁘니?" 피를 나눈 형제인데도 왜 그 말이 그렇게 서운했던지. "언니는 아들이 있으니까 그런 소리 하지. 없어 봐, 그런 소리가 나오나!" 눈에 쌍심지를 켜고 소리 지르며 대드니 언니는 그만 너무 기가 막힌 듯 멍하니 나를 바라보며 할 말을 잃었다.

우리 형제들은 어려서부터 위계질서가 명확해서 손윗사람에게 얼굴을 붉히거나 조금만 언성을 높여도 어머니께 혼쭐이 나곤 했다. 나를 생각해서 말해준 언니에게 감히 어떻게 그렇게 대들었던지 지금 생각하면 어이가 없다. 그러나 내 딴엔 이 세상에 태어나 고추 달린 놈 하나 낳아보지도 못하고 가는 것 아닐까 걱정이었다. 쇼윈도에 걸려있는 나비넥타이와 남자아이의 귀여운 양복만 봐도 '나는 언제 저런 옷을 한 번 사 입혀볼 수 있을까?' 생각하면 가슴이 턱턱 막혀 왔고, 주변에서 누가 아들 얘기만 하면 괜히 눈물을 흘리곤 했다. 가족이 같이 외출할 때면 괜히 남편에게 민망했다. 가정부도 '여자', 나도 '여자', 딸 둘도 '여자'. 남자라곤 남편만 달랑 한 사람뿐. 지붕은 있는데 기둥이 하나밖에 없어서 한쪽 지붕이 땅에 닿아있는 형상이라는 생각이 들었다. 아들을 낳으면 지붕을 제대로 받쳐 줄 텐데….

세 번째 임신! 걱정이 태산이었었다. 딸이면 어쩌나, 늘 안절부절 애를 태우는 나를 보다 못한 동료가 귀띔을 해줬다. "경주 대추밭 한약국에 가서 약을 지어다 먹어 봐요. 거기 가면 아들 낳는 약을 준대요. 내가 아는 사람이 딸 다섯을 낳았는데 그 약을 먹고 아들을 낳았대요. 아들 낳으면 더 이상 좋을 수 없고, 안 되면 보약이지 뭐. 밑져야 본전이니 가보세요."

아들만 낳는다면야 무엇을 못하랴 싶어 경주로 갔다. 한의사가 맥을 짚고 나이를 묻고 뭔가를 혼자 따져 보더니 약을 지어 주며 하루건너 홀숫날만 먹되 순서대로 먹으란다. 열심히 달여서 먹던 중 약 한 첩을 그만 태워버렸다. 큰일이다. 10시가 넘은 밤중. 지금같이 자가용차가 거의 없던 때라 남편 회사의 비상용 승용차를 대기시켜 약 한 첩 지으러 그 밤에 울산蔚山에서 도道 경계를 넘어 경주慶州까지 가서 잠자는 한의원 집 대문을 두드려 깨워 약을 지어오는 극성도 부렸다.

그것뿐이 아니다. 내 아는 어느 분이 말하길 황소의 그것을 푹 고아서 먹으면 틀림없는 아들이라나? 그래서 두 번씩이나 정육점 앞에까지는 갔지만 차마 말도 못하고 쭈뼛거리다가 그냥 왔었다. 어이없는 소리지만 그걸 알고 안타까웠던 선배 선생님이 사다 주셔서 그것을 큰 솥에 넣고 몇 시간을 푹 고았다. 양量이 어쩜 그리도 많던지 비위가 약한 나지만 독한 마음으로 먹고 먹어도 양이 줄지를 않는다. 옆에서 보기가 딱했던지 남편이 "나라도 먹어 줘야겠네."하며 같이 먹어 주었다. 지금 생각하면 이미 생긴 아이가 그런 것 먹는다고 아들로 바뀌는 것도 아닐 텐데 그때는 모든 것이 간절하기만 했다.

해산달 2개월 전부터는 거의 잠이 오지 않았다. 아들일까 딸일까, 딸이면 어쩌나 하는 근심으로 입술이 말라붙다 못해 쩍쩍 갈라져 조금만 입을 벌려도 입술에서 피가 줄줄 나왔다. 그때는 양수검사로 성별구별을 한다는 것도 잘 몰랐었고, 다만 '리트머스시험지'에 새벽 첫 타액을 묻혀 가면 그 검사로 98%의 태아 성별을 맞춰 알려 준다기에 두 번씩이나 사 왔었는데 결국 못하고 말았다. 나머지 2%에 해당하여 오진으로 딸을 아들이라 하면 어쩌나 겁이 났기 때문이었다.

계속 잠은 오지 않았다. 피곤하면 잠이 오겠지 싶어 일부러 뜨개질도 열심히 했다. 우리 아이들 옷을 몇 벌을 짰는지 모른다. 어깻죽지가 아프고 온몸이 무거워도 허사였다. 입맛은 소태요, 계속되는 불면증에 시달리니 옆에서 보는 남편이 피가 마른다며 "난 남자들 속에서 커서 그런지 아들보다 딸이 더 좋아. 우리 딸 셋 되면 방송국에서 하는 '우리 자랑 노래자랑'이라는 프로에 나갑시다. 응?"하고 늘 딸이 더 좋다고 했다. 너무나 진지해서 날 위로하려는 것만이 아닌 진심인 것 같아 위안이 되고 고마웠다. 하지만 "아냐! 난 열 명을 낳더라도 아들 낳을 때까지 낳을 거예요."라며 우겼다.

무슨 억하심정이었는지 정말 그랬었다. 너무 고심했던 탓인지 예정일이 훨씬 지났는데도 진통이 오지 않아 입원을 했다. 두 딸을 낳은 그 병원이다. 입원한 지 3일째인데도 소식이 없어 결국 유도분만을 하던 날. 너무나 아팠다. "5분만 참아요." 의사의 말에 몽롱해 지려는 정신을 차리고 마지막 힘을 바짝 주었다. 아! 그런데 그때 갓난아기 우는 소리가 요란했다. "아줌마! 아들이에요!" 간호사가 먼저 소리친다. 간호사의 '아들'이란 소리는 깊은 물 속에서 아련히 들려오는 물결의 파장 같았다. 꿈이 아닌가 싶었다. 얼마나 아들을 소원했으면 온 병원에 소문이 다 났었다. 눈을 감고 물었다.

"정말 고추가 달렸어요?" "아, 얼른 보여드려요." 의사 선생님의 말에 간호사가 아기를 내게 보여준다. '아, 아들이다. 고추가 달렸다!' 나는 보았다. 조금 전의 고통은 사라져버렸다. 순간! 이 세상 모든 것이 다 내 것이었다. 온 우주도 내 것이었다. 모든 사람들이 다 아름다웠다. 이렇게 기쁠 수가. 제왕의 기쁨도 이 순간의 나만은 못했으리라. 남들 못 낳는 아들을 나 혼자만 낳은 듯 기뻤다. "선생님 저 우리 아기랑 집에 갈래요." 조금 전 아파 죽겠다던 내게 기가 막힌 듯 허허 웃던 의사 선생님의 얼굴이 지금도 눈에 선하다.

어느 날 우리 집에 손님이 오셨던 날이다. 무심코 아기 기저귀를 갈아주다가 나도 모르게 소리쳤다. "여보! 여보! 이것 좀 보세요! 아기 기저귀가 위에만 젖었어요, 위에만!"하고 신기해서 소리치다가 민망했던 일이 있었다. 딸 키울 때는 늘 밑에만 젖었던 기저귀가 위에만 젖었으니 신기할 수밖에 없었다. 첫돌이 지나고서였다. 막 밥상을 들고 안방으로 들어가려는데 안방 쪽 큰 마루에서 남편이 기저귀 한 보따리를 차고 앉아있는 아들의 양손을 꽉 잡고 흔들며 만면에 웃음이 가득한 얼굴로 "네가 내 아들이야? 하하하…."하며 꽤나 흐뭇해 하고 있었다. "당신도 아들 좋아하네요. 뭐." 순간 머쓱해서 아들을 슬쩍 내게 밀어주고는 "아냐 난 딸이 더 좋아."하며 남편은 얼른 두 딸을 양팔에 하나씩 꽉 안는다.

하루는 길에서 남편 회사 직원을 만났다. "생남生男하신 것 축하합니다."

"네, 고마워요. 언제 날 잡아 직원들 초대할게요." "아니에요. 이번에는 홈런 쳐서 틀림없는 아들이라시며 아들 턱 내신다고 우리 팀 미리 회식시켜 주셨는걸요. 호호…." 그날 저녁 퇴근해온 남편에게 물었다. "당신은 딸이 더 좋다더니 웬 아들 턱은 미리 내셨어요?" "당신이 통 먹지도 않고 잠도 못 자고 속만 끓이고 있는데 나도 아들이면 좋겠다는 마음을 보일 수 있나. 그러다가 마누라 죽을까 봐 그랬지." 남편은 변명을 하며 웃는다. 통계에 의하면 종족 번식 의욕이 남자가 훨씬 높다고 한다. 언젠가 일요일인데 시장에 갔다가 돌아와 보니 아기가 안 보였다. 일 도와주는 아줌마한테 물어보니 남편이 아기를 목욕탕엘 데리고 갔단다. 기가 막혔다. 아직 걸음마도 서툰 두 살짜리를. 남자들은 아들과 함께 목욕탕에 가길 좋아한다더니 남편도 그랬었나 보다. 성급하기는….

이 모든 일이 엊그제만 같은데 그 무섭다던 낙하산 훈련도, 힘든 특공대의 군 복무도 마친 의젓한 대한의 남아가 되어 미국유학을 갔다. 만리타국 먼 곳으로 떠나면서도 언제나 마음 약한 엄마가 안쓰러워 걱정하며 떠나던 내 아들! 집안 식구 중 누구라도 화가 나거나 우울해 하면 웃겨주고, 늘 사랑이 많은 따뜻한 아이였다. 내가 속상해할 때도 '언제나 좋은 쪽으로 생각하세요.'하고 맘 편하게 해주는 내 아들. 매사에 긍정적이고 명랑하며 씩씩하게, 그리고 바르게 자라준 내 아들이 한없이 자랑스럽기만 하다. 아들을 태운 비행기가 하늘을 날고 있다. 늘 따뜻한 말로 어미의 가슴을 훈훈히 해주던 그런 내 아들을 생각하면 마냥 행복하다. 그리고 이런 아들을 내게 주신 하느님께 감사드린다. 감사합니다!

세상에는 참으로 여러 가지 소리가 있다. 자동차 소리, 피아노 치는 소리, 라디오 텔레비전 전화 벨 소리, 기적 소리, 노래하는 소리, 싸우는 소리, 떠드는 소리 등…. 이 소리 속에서 사람들은 크고 자라고 힘을 얻기도 하고 시끄러운 소리에 화가 나기도 하지만 이 소리를 떠나서도 살 수가 없다.

분주한 아침 떠들썩했던 식구들이 출근한다, 학교에 간다 하며 모두 나가고 갑자기 텅 빈 듯 조용해진 공간. 세탁기 소리도 멎었고 숨소리도 멎은 듯한 고요한 공간. 영혼도 없는 듯 적막과 무료함, 이런 정적 없는 공간에서 한참을 있어 보아라. 잠깐은 자유로운 휴식의 기쁨으로 만끽하겠지만 좀 더 오랜 시간이 지나면 어느새 온몸에 고독이 습진처럼 번지고 숨이 막힌다. 걸려오는 전화 한 통 없고 찾아올 사람 하나 없이 허공뿐인 속에서 오직 규칙적인 시계의 초침소리만이 전부일 때 살아있음이 무서울 게다. 아마도 죽음이 이런 것이 아닐까, 입이 있어도 말할 필요 없고 생각이 있어도 표현할 대상이 없이 오로지 그냥 조용히 있는 시간. 적막, 그게 바로 죽음과 다를 게 무엇이란 말인가.

더불어 산다는 것, 사람은 소리를 먹고 사는 것 같다. 소리를 듣고 즐거워하고, 소리를 듣고 화내고 슬퍼하고 웃고 떠든다. 바람 소리에 소나무 숲의 향내를 맡고 유성기에서 흘러나오는 옛 노래도 CD의 클래식 음악을 감상하며 마음의 여유를 찾는 것. 또 친구들과 어울려 카페에서 차를 마시며 주고받는 이야기 소리를 들어가며 즐거워하는 것. 모두 우리는 이 소리에 몸과 마음이 따라 다닌다.

소리가 없는 삶은 곧 죽음과 같다. 우리는 이 소리가 있어야 산다. 그리고 이 소리를 들어야만 산다. 마음이 우울할 때 정신없이 북적거리는 시장을 한 바퀴 돌아보라. 저절로 기운이 날게다. 갖가지 물건들을 구경하는 것도 흥미롭지만 시장 사람들이 서로 자기 물건이 최고라고 요란하게 손짓 발짓해가며 큰 소리로 신나게 떠들어대는 소리는 사람들을 흥분케 하며 기氣를 받듯 절로 힘이 불끈 솟는 생동감을 준다. 사는 소리는 이렇게 살려는 소리와 살아가는 소리로 희열감을 준다. 몸과 마음이 아팠던 사람들도 시장구경을 한바탕 하고 나면 그 기氣를 받아 충전이 되어 아픈 사람도 마음이 조금은 치유될 수 있을 것이다.

그러나 또 다른 소리가 있다. 싫은 소리를 듣는 것은 괴로움이다. 일부 높으신 세도가 양반들의 누더기같이 덕지덕지 붙어있는 거짓소리들. 거꾸로 도는 것 같은 세상 소리 말이다. 천정부지로 오르는 집값에 저축해서 내 집 마련하기는 애초에 틀린 서민들의 한숨 소리. 부익부 빈익빈의 세상, 여름 재킷 하나에 어이없게도 7, 8백만 원짜리가 있고 또 이것을 주저 없이 사 입으시는 부잣집 사모님들이 있는가 하면 비참하게도 하루하루 먹고사는 게 힘이 들어 일가족이 자살했다는 소리는 참으로 가슴 아프고 괴로운 소리다. 매미들의 울음소리는 자기 새끼를 번식하게 하기 위한 소리일진대.

살맛 나게 하는 순수한 소리가 듣고 싶다. 사랑하는 사람의 정겨운 발자국소리, 기뻐서 웃는 소리, 영혼이 맑아지고 아름다운 명쾌한 소리. 아무튼 사람은 사람들 소리 속에서 그 소리를 먹고 살아간다. 소리가 없는 세상, 그것은 깜깜한 어둠 속 절망으로 삶이 아니다. 소리를 낼 수 있고 들을 수 있다는 것은 곧 살아있음이요, 즐거움이요, 사람이 사는 세상 그 자체이다.

은제 예
02

명동 멋쟁이
교실 난로 이야기
그리운 울산
은제 예
워커힐의 어느 봄날
왕십리
아들이 사준 반지
큰딸 예단 보내던 날

명동 멋쟁이

요즘 「아침 마당」이라는 아침 TV 프로그램에 패널로 고정 출연하는 영화배우 엄앵란 씨를 보며 나이가 뭔지, 세월이 이렇게 사람을 변화시킬 수 있나 싶었다. 옛날 그렇게도 깜찍하고 날씬하고 예쁘던 엄앵란 양이 저렇게 몸매가 덕스러운 아줌마가 되리라고는 꿈에도 상상할 수 없었는데, TV를 볼 때마다 깜짝깜짝 놀란다. 물론 요즘도 '부부 클리닉'에서 사랑의 사회봉사도 많이 하고, 여자들의 하고 싶은 말들을 시원하게 대변해주며 꽤 잘 나가고 있는 엄앵란 씨! 나는 지금도 이 엄앵란 씨의 '팬'이지만, 아무튼 목소리까지 투박한(그때는 고은정 목소리였으니까) 영락없는 아줌마의 너스레에 저렇게 변할 수도 있나 하다가도 "그래, 천하의 엄앵란 씨도 세월은 어쩔 수가 없구나." 세월 이기는 장사가 어디에 있을까 하며 내 옛날 처녀 시절이 생각났다.

사회 초년생이었던 60년대 초반, 신졸 교사였었던 병아리 선생 시절. 그때는 그래도 내가 한껏 멋을 부리며 유행의 첨단을 걸었다. 한겨울 눈이 펑펑 쏟아져 온 세상이 하얗게 뒤덮이고 고드름이 주렁주렁 달리는 추운 겨울에도 무릎에서 한 뼘이나 올라가는 미니스커트에 미니코트를 입었다. 오가는 사람들의 발자국으로만 다져져(지금처럼 암모니아나 약품으로 눈을 녹이는 시대가 아니라서) 유리알같이 미끄러운 눈길을 3승(7cm 정도)의 높은 굽인 하이힐을 신고도 용케 잘도 다녔었다. 그야말로 어른들 말씀을 빌리자면 한 겨울에 그 '허연 종아리'를 다 내놓고도 멋을 위해선 강추위쯤 아랑곳 하지 않고 쏘다니던 일이 기억난다. 나는 계절과 관계없이 늘 폼생폼사였다.

우리 집은 정릉인데 미용실은 죽어도 꼭 버스를 타고 명동까지 나가서 머리를 했다. 수요일은 시아게(단골에게 무료로 중간에 풀어진 머리를 다시 고쳐 손봐준다는 미용실의 일본 용어)하는 날. 금요일에는 얼굴 마사지와 손톱 정리 하는 날이고, 토요일은 머리 고데(지금의 드라이)하는 날로 정해놓고 매주 관리를 했다. 정성도 지극이었지, 정릉에도 잘하는 미장원이 많았을 터인데 굳이 명동까지 나가는 극성을 부렸다. 우리 자매 중 막내인 내가 목주름은 제일 많은 편이다. 그래서 우리 큰 언니 왈 "얘 너 그 목 주름살, 마사지 너무 많이 해서 생긴 거야. 그렇게 얼굴을 못살게 구니 주름이 안 생겨? 너 둘째 언니 봐라, 마사지라고는 결혼식 때 한 번밖에 안 해 봤어도 주름 하나 없잖니?" 하고 가끔 나를 놀린다. 우리 작은 언니는 원래 미용에 관심이 없는 분이지만.

게다가 옷은 얼마나 잘 맞추어 입었는지, 지금은 유명 메이커의 상품들이나 부띠끄 상품이 많아 예쁘게 만들어져 있는 옷이 얼마나 많은가. 그러나 그때는 기성복이 없고 옷을 맞춤으로만 입을 때여서 양장점에 있는 카탈로그를 보고 선택하거나 자기가 원하는 디자인과 취향을 설명해가며 옷을 맞추어 입었었다.

나는 한국영화를 보러 극장엘 자주 다녔다. 영화감상을 좋아도 했지만 더 큰 이유는 배우들이 입고 나오는 옷을 보려고 가는 때도 많았다. 그래서 극장에 갈 때의 필수품은 연필과 메모장이다. 내 마음에 드는 옷 모양을 재빨리 대충 스케치하기 위해서다. 그때 나의 대상은 당연히 톱스타였던 엄앵란 씨가 입고 나온 옷이었다. 그 시절 여자들의 최대 선망의 대상이 되었던 엄앵란 씨는「로맨스 빠빠」등에서 부잣집 귀여운 사장 딸 역이나 아름다운 연인 등의 화려한 배역만 하는 최고의 배우로, 언제나 멋있고 날씬하고 깜찍하게 예쁜 여성이었다. 그러니까 입고 나오는 옷마다 디자인이나 색깔이 다 멋지고 예뻤다. 영화를 보며 마음에 드는 예쁜 옷이 있으면 그 옷 모양의 디자인을 스케치하랴, 영화도 보랴 내 눈과 손은 늘 바빴다.

그렇게 스케치한 메모지를 들고 곧바로 단골 양장점으로 간다. 디자이너 언니에게 열심히 설명을 해준다. 하다못해 단추를 양장지로 콩깍지처럼 씌운 모양 같은 것 등등 자세히 설명하다가 내 말을 잘 이해 못 할 때는 '언니도 가서 그 영화를 보시고 똑같이 내 옷 만들어 주세요.'하고 떼를 써서 디자이너 언니가 본의 아니게 영화 관람까지 해가며 내 옷을 만들어 준 때도 있었다. 아무튼 배우들이 입고 나오는 옷 중에서 대체로 엄앵란 씨가 입고 나오는 옷은 거의 맞추어 입었던 것 같다. 남들이 안 하는 것은 내가 먼저 유행을 쫓았고, 멋 부리는 거라면 참 지성으로 열심이었다.

화장품도 지금은 좋아졌지만, 마스카라에 대한 웃지 못 할 사연이 있다. 좀 젊은 사람들에게 이 이야기를 해주면 배꼽을 잡는다. 나는 내 얼굴 중에서 눈이 좀 취약지구다. 눈꼬리가 약간 올라간 듯한 게 마음에 안 들고 싫었다. 그런데 다행히도 속눈썹 숱이 많아 마스카라로 열심히 커버를 하고 다녔는데, 지금 생각해도 우스운 일이다. 요즘에 나오는 마스카라는 속눈썹끼리 서로 달라붙지 않고, 속눈썹을 위로 치켜 올려주면서 진하게 묻기 때문에 선명하고 아름다운 눈을 만들어 준다. 그런데 그때의 마스카라는 꼭 문방사우의 먹처럼 생겼었다.

대다수의 사람들은 먹처럼 생긴 마스카라에 칫솔처럼 생긴 작은 솔에 물이나 침을 약간 묻힌 후 벼루에 먹을 갈 듯 까맣게 묻혀서 속눈썹에 칠했다. 그런데 나는 좀 특별한 방법을 생각한 것이다. 남들처럼 물을 묻히면 마스카라가 힘이 없고 지워질 염려가 있기 때문에, 그 바쁜 아침 출근 시간에도 불구하고 선명한 눈 화장을 하기 위해 아침마다 날계란 한 개씩을 내 화장대로 가져왔다. 그 계란 흰자를 마스카라 솔에 약간 묻혀 마스카라를 까맣게 갈아 속눈썹의 위아래로 칠하고 조금 있다가 마르면 또 한 번 칠하고, 또 칠하고. 이렇게 세 번씩 마스카라를 칠했다. 그러면 흰자가 굳어서 빳빳이 선 속눈썹이 눈꺼풀을 치켜세워 눈이 훨씬 커 보인다.

이 마스카라로 인한 사연 중엔 지금 생각해도 박장대소할 일이 있다. 눈 오는 날 유난했던 내 눈 화장으로 인한 우스웠던 에피소드다. 내 원래의 속눈썹보다 한 배 반은 더 길어진 속눈썹이 얼마나 힘세게 앞으로 뻗쳐 있었던지 위쪽 눈꺼풀이 올라가 눈은 배로 커졌는데, 여기에 눈 오는 날 눈을 맞으면 큰 낭패로 가관이었다. 공을 들여 해놓은 눈 화장이 일순간에 망가진다. 그래서 눈을 맞으면 낭패다. 왜냐하면 눈이 길어진 속눈썹 위에 와서 살짝 앉을 때가 있다. 이때가 중요하다. 그 새하얀 눈을 재빨리 털어서 털리면 다행인데, 안 털리고 눈썹 위에서 눈이 녹으면 먹물처럼 흘러내려 사태가 심각했다. 그땐 휴지나 손수건으로 속눈썹 아래를 손으로 받치고 속눈썹 위를 살짝살짝 눌러 털듯이 눈을 찍어내야 한다. 이때 초속의 숙련된 손놀림으로 찍어내지 않으면 빳빳해졌던 마스카라가 눈에 녹아 부드러워지면서 눈썹과 눈썹끼리 납작하게 서로 엉겨 붙는 대형사고가 발생하기 때문이다. 한 가닥, 한 가닥 정성스레 마스카라 했던 속눈썹이 국수 밀 쟁변처럼 한 줄로 납작하게 붙어버려 눈을 껌벅거릴 때의 모습은 마치 속눈썹 모자를 쓴 것 같아 얼마나 우스운지 모른다. 게다가 심하면 검정 물이 얼굴에 줄줄 흘러내려 얼룩지는 참담한 결과가 생겨 슬픈 날이 되고 만다. 요즘 젊은 여성들은 이해가 안 될 것이다.

참 옛날이야기가 되었다. 그 시절에는 영화배우들도 우는 연기를 하고 나면 가끔 마스카라가 지워지거나 흘러내려 그 예쁜 얼굴에 '검정 물' 사태가 생겨 관객으로서도 민망할 때가 있었다. 옛날이나 지금이나 여자들의 미美에 대한 관심은 시대가 바뀌고 나이를 먹어도 변하지 않는 것 같다. 다만 세월 속에 몸은 늙어간다는 사실을 사람들은 때때로 잊고 산다는 것뿐. 미를 추구

한다는 건 여성의 본능이며 아름다운 일이다. 지나치지만 않는다면 깨끗하고 단정하게 자기 자신을 가꾸며 꾸밀 줄 아는 사람은 몸과 마음이 건강하다는 증거이며 누구에게나 환영받을 것이다. 아울러 삶의 활력도 생성될 수 있어 참으로 바람직하다고 본다. 하여튼 미를 추구하는 여성의 마음은 예나 지금이나 시대 불문 나이 불문 영원한 아름다운 숙제인 것을 어쩌랴!

교실 난로 이야기

요즘 같이 문명화된 사회에 내가 살고 있다는 게 어떤 때는 신기하다는 생각이 든다. 버튼 하나만 누르면 힘들이지 않고 뭐든 할 수 있는 편리한 세상이다. 그 옛날 내가 어릴 적 친구랑 소꿉장난을 할 때, 사금파리를 주워 국그릇 밥그릇을 하고 풀잎으로 반찬을 차려놓고 먹으며 "얘, 스위치만 꼭 누르면 밥도 되고 국도 된다면 얼마나 좋을까? 정말 신기할 거야, 그치?"하고 꿈같은 상상을 하며 이야기했던 게 기억난다. 그 후 몇십 년도 안 되서 그 꿈같던 상상이 현실로 이루어져 밥솥이 만들어졌고, 버튼만 누르면 빨래도 건조까지 되어 나오니 정말 놀라운 문명의 발전이다. 이 중에 실로 더 놀라운 발전 중 하나가 '교실의 난로'이다. 지금은 아무리 추운 겨울에도 그야말로 버튼 하나만 누르면 교실 전체가 금방 따뜻해지는 온풍기에, 여름에는 시원해지는 에어컨이 있으니 말이다. 정말 좋은 세상, 편한 세상, 행복한 세상이다.

내가 사범학교를 졸업하고 시골로 첫 발령을 받은 60년대에는 교실 한가운데에 무쇠로 만든 난로가 있어 나무장작을 땠었다. 내 반 아이들에게 난로를 피워주기 위해서 한 시간 정도 일찍 출근하여 나무 배급을 주는 소사 아저씨(지금은 학교기사)에게 조금이라도 장작을 더 많이 배급받아서 가져왔다. 또 어떤 때에는 장작더미 위에 쌓여있는 눈을 털어내 가며 아저씨에게 장작을 더 달라고 애원해서 교실로 날라다 불을 피웠다. 솔가지로 불쏘시개를 해서 입으로 후후 불어가며 불을 피워놓으면 아이들이 하나둘씩 교실로 들어오기 시작한다. 장작불이 활활 타는 소리와 함께 금방 훈훈해지는 교실. 따뜻한 교실의 온기에 아이들 얼굴이 행복해지고, 그 아이들을 보면 이제껏 불 피우느라 고생한 보람이 있어 나도 행복해진다. 그러나 교실 문을 여닫을 때마다 찬바람이 들어와 추운 뒷자리에 앉은키 큰 아이들은 난로 주변에 앉아 볼이 발그레해진 아이들을 부러워했다. 때문에 형평성과 여러 가지 이유로 고루고루 혜택을 받도록 일주일마다 아이들 자리를 바꿔주고는 했다.

그러다가 나무가 귀해지는 바람에 난로의 땔감으로 '석탄가루'가 나왔다. 난로에 장작으로 먼저 불을 피워놓은 다음 양동이에 받아온 석탄가루에 물을 적당히 넣어가며 부삽으로 되거나 묽지도 않게 여러 번 반죽한다. 이 석탄 반죽을 타는 장작더미 위에 부삽으로 잘 떠서 기술적으로 얹어놓고, 공기가 통하도록 긴 꼬챙이로 구멍을 뚫어놔야 꺼지지 않고 불이 붙는다. 잘못하면 어렵게 피운 밑불이 젖은 석탄 반죽에 덮여 폭삭 내려앉아 꺼지면 이건 대형 사고다. 난로 안에 있던 나무와 젖은 석탄 등을 모두 긁어내고 다시 불을 피우는 일은 보통 일이 아니다. 수업은 고사하고, 아이들은 추워 덜덜 떨고 교사는 얼굴이 온통 숯검정이가 돼서 고생이 이만저만이 아니었다. 새로 불을 지피고 밑불이 단단해지면 반죽한 석탄을 다시 넣고 어느 정도 젖은 석탄 반죽이 잘 마르면 더 굳어지기 전에 쇠꼬챙이막대로 구멍탄처럼 여기저기 공기구멍을 뚫어주어야 화력이 강해진다. 화력이 좋아 아이들도 교사도 행복하다. 그런데 이렇게 잘 피워놓은 난로의 소각 또한 어렵다. 수업이 끝날 때를 잘 맞춰 연료를 줄여야만 불을 끄기가 좋다. 아이들이 하교한 후에는 난로 청소를 해야 하니까 말이다. 난로 청소 또한 보통 일이 아니다. 굳어져 있는 석탄재는 깨부숴서 밑으로 긁어내어 양동이로 퍼 날라다 버려야 하는데, 무겁기는 또 얼마나 무겁던지….

다음으론 '조개탄'이라는 땔감이 나왔다. 석탄이 백합 조개처럼 생겼다고 해서 붙여진 이름이다. 이것은 반죽하지 않아도 돼 편리했다. 역시 밑에 장작불로 밑불을 만든 다음 적당할 때 장작 사이사이로 조개탄을 부삽으로 조금씩 떠 넣다가 자리가 잡히면 나중에는 많이씩 넣어도 된다. 석탄가루 반죽보다 불 피우기도 더 쉽고 화력도 더 좋았다. 탄가루가 적어서 청소하기도 더 나았다. 다만 역시 무거운 것이 흠이었다. 여러 땔감 중에 잠깐 '톱밥'도 땠었는데, 불 피우는 과정이 복잡하고 화력도 약하고 소각도 어려워서 잠깐 쓰다 그만두게 되었다. 또 잠깐이지만 아이들이 먹고 난 '빈 우유 팩'을 말린 다음 그 우유 곽들을 연료로 쓰기도 했다. 우유 곽에 남아있는 유분이 있어서인지 의외로 화력이 좋았다.

다음엔 발전하여 물을 끓여 전도시켜 열을 내주는 '히터'가 나와서 얼마나 좋았는지 모른다. 석탄을 때던 때 난로를 중심으로 쇠 그물망을 쳐 놓았어도 아이들이 난로로 몰려들어 난로가 엎어져 혹 불이 나거나 데일까 봐 아침 직원조회조차 없앴던 그때에 비하면 히터는 그런 위험이 없어서 참 좋았다. 또한 이제는 힘든 난로 청소를 안 해도 되니까 좋았고, 아이들이 난로로 몰려들 일도 없고 불에 델 염려도 없으니 좋았다. 그동안 화부 아닌 화부 노릇을 하느라 고생했는데, '히터'가 얼마나 고마웠는지…. 그런데 이게 웬 횡재란 말인가. 시대가 바뀌어 이젠 버튼만 누르면 교실 전체가 금방 따듯한 '온풍기'가 나왔으니 말이다. 여름엔 교실 벽과 천장에 달린 '선풍기'에 '에어컨'까지 나왔으니 신선놀음이 아닐 수 없다. 얼마나 감사한 일인가. 옛날 여름에 학기말 성적을 내려고 책상에 앉아있으면 앉은 자리에선 땀이 줄줄 나고 팔꿈치엔 종이가 쩍쩍 달라붙어 일하기 불편했었는데, 이제는 선풍기와 에어컨 덕에 정말 살기 좋은 세상이 되었다. 낙원이 따로 없다.

요즘 아이들과 교사는 참 행복한 것 같다. 문명의 이기에 얼마나 감사한 일인가. 그저 고맙다는 생각뿐이다. 하지만 그래도 그때의 그 고생이 참 아름다운 추억이 되었다. 사제지간에 정도 두터웠고, 동료 교사들끼리도 어느 선생님 댁에는 숟가락이 몇 개인지 알 정도로 서로들 가까웠었고 정도 많았다. 시대의 변천! 문명의 이기! 그에 따른 난로의 변천사!

삼십여 년, 아니 사십 년 가까이 교직에 있으면서 참 여러 가지 일들이 많고 많았다. 이루 말할 수 없이 많은 추억 속에 '난로의 추억'은 지금 다시 생각해도 그때의 고생까지도 정다운 것 같다. 내 나름대로 영화 같은 아름다운 추억이다. 다만 아쉬운 건 조금 불편했어도 정 많았던 그 시절이 한없이 그립기만 한 건 세월 탓일까, 아니면 나이 탓일까.

그리운 울산

결혼하고 3개월 만에 울산이라는 낯선 곳으로 갔다. 남편이 울산 현대자동차에 근무하고 있었기 때문에 나도 그곳 울산 학교로 이동하여 몇 년을 살았다. 그래서 지금은 누가 '울산' 소리만 해도 그냥 정겹다. 요즘은 일일생활권이라 전국이 다 비슷해졌지만 그때만 해도 경상도 사투리가 심하고 참 낯설고 힘들었다. 그때가 1970년도 경제개발 5개년 계획의 1차 년도였고 국내나 외국에서 훌륭한 엔지니어들이 대거 울산 공업단지로 투입되는 등 전국적으로 사람들이 모여들어 객지 사람들이 많았다. 울산은 특수지역으로 경제적인 수준도 높아 소비가 전국 1위라는 소비도시로 갑자기 부상하여 문화적인 수준도 꽤 높았다.

내가 그곳으로 이사 간 처음에는 경상도 특유의 악센트와 사투리가 너무 심해서 알아듣기가 힘들었다. 또한 여기 사람들 말씨는 한없이 무뚝뚝하고 낯설어서 도무지 정이 가지 않았다. 시장에 가서 물건을 살 때 서울에서처럼 값을 좀 깎아달라고 흥정을 하면 "안파요 마, 딴 데 가 보이소." 다른 곳으로 가서 또 흥정을 하면 그곳에서도 "마, 딴 데 가 사이소. 서울내기들은 와 깎을라 쌌노." 그다음부턴 웬만하면 흥정하지 않고 그냥 사가지고 왔다.

경상도 사람들은 처음엔 무뚝뚝한데 오래 살며 겪어보니 속정이 깊었다. 예를 들자면 우리 큰 애를 낳았을 때 같은 학교에 근무하는 정 선생님이 왔다. "마, 고기 한 칼 사왔데이, 묵으봐라." 또 한 번은 가을철이었다. "내 마늘 쪼깨 가 왔다."라고 하면서 조금이 아니라 마늘을 한 접씩이나 갖다 줬다. 속정은 가득한데 생색을 내는 보탬 말이나 군말이 없다. 살아갈수록 정이 들었다. 낯선 타향 객지라는 생각이 점점 없어지고 속정이 많은 사람이라는 걸 알게 되면서 진심을 나누며 친근해졌다.

내가 울산에 살면서 은혜를 입은 분들이 많지만 특히 정을주 선생님은 잊을 수가 없다. 신혼살림 처음에는 월세로 살다가 전셋집을 얻어 살았다. 그러다 처음으로 내 집을 장만하려고 청색 전화가 낀 13평 아파트를 살 때 돈 때문에 애쓰는 걸 봤는지 아무것도 없는 내게 서슴없이 목돈을 빌려주며 '마, 돈은 형편 되는대로 갚아레이.'라고 했고 나는 그 큰돈을 정말 생기는 대로 푼돈으로 갚았었다. 그 시절 70년대에는 같은 선생님들끼리도 급하게 돈이 필요하면 서로 2부 3부 이자를 받으며 돈을 빌려 쓰고 갚고 할 때인데 선생님은 아무것도 없는 내게 이자도 안 받고 푼돈으로 받았다. 아마도 객지에 와서 아이들하고 셋집에서 사는 것이 선생님 눈에는 꽤 안돼 보였나 보다. 아무튼 그 후로도 언니처럼, 물엿으로 간단히 고추장 만드는 것부터 무슨 일이 있을 때마다 나를 믿어주고 도와줬다.

선생님은 울산 토박이로 배움이 많아도 난 체 않고 겸손했다. 울산의 금싸라기라고 하는 공업 탑 주변 땅은 거의 선생님네 땅이라고 소문이 날 만큼 재산이 많아도 항상 검소하고, 양반으로서 행동조차 매사 훌륭하여 본받을 점이 참 많은 존경스러운 그런 분이었다. 내게는 멀리 떨어져 있는 언니들보다도 더 고마운 언니였다.

또 고마운 분은 같은 학교에 근무했던 박순자 선생님과 부군 되는 최만규 선생님이다. 그때는 도 장학관이었고, 나중에 들으니 울산광역시 교육감님으로 퇴직했다는 소식을 들었지만 울산에서 서울로 올 때 도움을 주신 분인데 서울에 온 후에도 제대로 인사도 못 드린 채 지금까지 죄송할 뿐이다. 내게 또 잊을 수 없이 고마웠던 언니 같았던 학모자님들. 중앙학교에서 2학년 담임을 할 때 사고로 갑자기 허리디스크가 생겨 한 발짝도 걷지 못하고 거동도 못 했을 때, 거의 3개월 동안 학모자 10명이 스스로 두 분씩 조를 짜서 나를 병원으로 승용차를 태워 진료를 받을 수 있도록 도와줬던 고마운 분들이다.

아파 누워서도 내가 반 아이들을 걱정하니까 '초등학교 2학년 과정 크게 중요한 것 없으니 우선 선생님 건강이 더 중요하다.'라고 말씀해주고 먼저 선생님께서 빨리 건강해지셔야 우리 애들을 가르치실 것이 아니냐면서 나의 건강만을 걱정해 주던 고마운 분들. 그렇게 진심으로 학부모님들이 언니처럼 위로해주던 그분들이 뵙고 싶다. 지금은 모두 어디에서 살고 계시는지, 그때의 2학년 그 꼬마들도 이제는 장성하여 어른이 되어 한 가정의 아빠, 엄마가 되었을 텐데…. 어느새 40년 전의 이야기다.

이 밖에도 같이 근무하며 정들고 고마웠던 선생님들이 많았고 객지에서 어려운 일이 있을 때마다 정답게 도와줬던 이웃들도 참 많았었는데. 서울에서 생각하기는 경상도 사람들은 대체로 소리가 크고 시끄럽다고만 생각했었는데 그곳에서 오래 살다 보니 무뚝뚝한 말 속에 한없이 따뜻한 마음과 속정이 깊은 사람들이라는 걸 알게 되었다. 울산은 나의 신혼 생활의 시작이면서 인생을 새로 배운 곳이기도 한 잊을 수 없는 곳이다. 추억도 많고 정든 울산! 세월이 가면서도 별 탈 없이 지금 이렇게 생각할 수 있고 뒤돌아보며 추억하는 여유가 있다는 것 또한 고맙고 감사하다. 나도 윤수일의 노래처럼 울산은 나의 제2의 고향이라고나 할까, 아득한 그때가 정말 그립다.

은제 예

같은 나라 사람인데도 서로 말을 못 알아듣는다는 것이 좀 우습다. 외국에도 지방마다 사투리가 있어 서로 못 알아듣는 경우가 있다고 한다. 중국이나 미국 같은 큰 나라는 워낙 땅이 크니까 같은 나라임에도 동쪽에서 서쪽까지가 너무나 멀고 남쪽에서 북쪽이 멀기 때문에 말을 못 알아듣는다 해도 이해가 된다. 하지만 세계지도를 펴놓고 보면 한반도는 참으로 작다. 그 작은 땅에서 또 반으로 갈라진 조그만 나라인데, 그 속에서도 지방마다 사투리가 심하다. 다른 나라 사람도 아닌 한민족끼리 서로 말을 알아듣지 못한다고 해서야. 참 답답한 노릇이다. 이 사투리 때문에 경상도다, 전라도다 해서 지방마다 서로 말이 잘 통하지 않아 우스운 얘깃거리도 많다.

남편의 직장이 울산蔚山에 있었을 때다. 할 수 없이 나도 남편을 따라 울산으로 학교를 옮겨 교직 생활을 하던 첫해, 일 학년 담임을 했을 때의 일이다. 수업 중인데 맨 뒤에 앉은 아이 둘이 서로 울고 다투는 소리에 시끄러워 도저히 수업을 진행할 수 없었다. 결국 두 아이를 불러내어 자초지종을 물어봤다. 두 아이가 서로 뭐라 뭐라 떠드는데 자기가 잘했다는 이야기였을 것이다. 도통 내가 아이들의 말을 잘 알아들을 수가 없어 원인만 먼저 물었다.

"왜 싸웠어요?"

"선새임 멩준이가 먼저 내를 때렸심더."

"짝끼리 왜 싸웠어. 명준아 왜 수희를 때렸니?"

"은제 예."

"언제라니? 지금 때렸다면서."

"은제 예."

"얘가 왜 이래? 지금 네가 때려서 우는 거 아냐?"

"은제 예."

"명준아, 너 왜 그래. 언제는 언제야, 지금 그랬잖아! 아니, 그럼 수희야. 네가 먼저 명준이한테 뭐라고 했구나, 응?"

"은제 예. 흑흑."

"얘들이 왜 이래! 언제긴 뭐가 언제야, 지금 너희들이 싸웠잖아. 무슨 말을 하는 거야! 어찌됐든 수업시간에 싸운 건 잘못한 거야. 너희 둘 다 잘못했어. 앞으로는 사이좋게 지내야 해, 알았지? 둘 다 자리로 들어가 앉아요."

참으로 지금 생각하면 우스웠다. '은제 예.'라는 말은 '언제', '때'를 뜻하는 게 아니라 '아니요.'라는 울산 사투리의 표현이었다. 그 말을 나는 '언제'라는 뜻으로 알아듣고 아이들을 나무랐으니 의사소통이 안 될 수밖에…. 그 말 말고도 아마 자기들끼리 사투리로 자기가 잘했다고 말을 한 모양인데, 내가 다 알아들을 수는 없고 수업에 지장이 생겨 그냥 둘 다 자리에 가 앉으라고 했던 것이었다. 아이들은 아이들대로 선생님이 왜 자기 말을 못 알아들을까, 꽤 답답했을 것이다.

내가 그곳에 가서 근무할 때만 해도 정부에서 경제계획 5개년 계획 중 1차 년도 계획으로, 우리나라에서 제일 처음으로 울산 공업단지가 조성된 초창기였다. 경상도 사투리가 어찌나 심한지 동네에서도 시장엘 가도 말을 알아들을 수가 없었다. 학교에선 직원협의회 시간에도 도무지 협의 사항을 바로 학급 경영록에 기록하기가 어려워 옆에 앉은 선생님 것을 보고 쓸 때가 많았다.

한번은 교무실에서 내 자리와 가까운 곳에 있는 전기 코드를 끼워 달라는 교감 선생님의 말씀을 못 알아들어 쩔쩔 맸던 일이 있었다. "이선생요, 거 베람빡에 야불떼기 붙어있는 쉬치 좀 끼바 주이소." "네?" "거 베람빡에 안 있나?" 말을 못 알아듣고 어리바리하게 서 있는 나를 보고 선생님들이 배꼽을 잡고 웃는다. 내 모양이 답답했던지 결국 선생님 한 분이 와서 가르쳐 주셨다. 교감 선생님 왈 "서울내기 참 되게 몬알아 듣네, 허허." 하신다. 베람빡은 '벽'이고 야불떼기는 '옆', 쉬치는 '스위치', 끼바는 '끼워'였다.

한번은 우리 교실에서 일 학년 선생님끼리 점심시간에 다 모였는데 3반 선생님이 안 오셔서 한 아동에게 3반 선생님 얼른 오시라고 심부름을 보냈다 그런데 어느새 금방 돌아오기에 "3반 선생님께 식사하러 빨리 오시라고 말하고 오라니까 왜 그냥 와?" "마, 3반 선생요. 지금 막 와 싸태요." 한다. 그 말이

얼마나 우습고 재미있던지 지금도 생생하다

국어 시간이었다. 7차 교육과정으로 모든 수업과정과 방법도 달라진 지금이지만, 그때는 1학년은 문자해득이 주된 과정이었을 때라 읽기, 쓰기를 주로 했다. 읽기를 시키면 너무도 잘 안되는 경상도 억양과 발음 때문에 몇 번씩 되풀이해 읽기를 시킬 때가 많았다. 교사가 '말씀하셨습니다.'하면 아동은 일제히 '말썸하셨섭니다.'로 읽는다. 아무리 '말씀'이라고 해도 죽어도 '말썸'이다. 그 지방 교사들조차도 월요일을 말할 때 보통 '워료일'로 발음하는데 경상도는 '월료일'로, '일 학년'할 때는 보통 '이랑년'으로 발음이 되는데 그곳은 '일랑년'이다. 말은 같은 말인데 발음이 달라 다른 뜻으로 전해지는 사투리도 많다. '달리기'는 '다말래기'로 '씻어'를 '씩꺼'라 한다. 참 재미있다.

아유! 하긴 경상도뿐 아니라 경상도에서 충청도로 시집갔다는 같이 근무했던 동료 김 선생님의 사투리 때문에 웃음을 참지 못했던 일이 생각난다. 김 선생님은 시집온 지 얼마 안 돼서 요강(사기로 만들어진 옛날 방에서 사용했던 소변 통)을 부셔 오라는 시어머니의 엄명에 요강을 들고 나와 보니 '아직 더 써도 되는데 왜 이걸 부수라고 하실까? 새로 사시려고 하시나.' 의아했다고 한다. 그러면서도 새색시가 버릇없이 시어른께 말대꾸한다고 꾸중하실까 봐 여쭈어보지도 못하고 열심히 깨부쉈단다. 그런데 조금 후에 시어머니께서 요강 다 부셨으면 갖고 오라고 하는 게 아닌가. "어머님요, 그 요강 다 뿌사버렸는데예." "뭐?" "아까 그 요강 다 부수라고 안 했십니꺼." 시어머님은 어이가 없어 말문이 막혔고, 옆에 있던 신랑은 요절복통했다는 이야기이다. 참으로 웃지 않을 수 없었던 일이다.

지금은 서울, 지방 할 것 없이 일일생활권이다. 특별한 사투리도 점차 없어지는 경향이고 TV, 라디오 등을 통해 많은 말들을 듣기 때문에 사투리를 쓴다 해도 서로가 다 잘 알아들을 수 있을 만큼 일반화됐다. 어떤 면으로는 지방마다 사투리가 구수하고 매력이 있다. 고향의 향수와 풋풋한 정이 더 느껴진다. 아무튼 사투리는 그 지역의 고유의 성격이나, 지방의 특성을 나타내는 것 같아 재미있다. 오히려 이제는 사투리를 가끔 일부러 섞어 씀으로 해서 분위기를 즐겁게 하기도 한다. 아울러 각 지방의 사투리는 보존할 가치가 있다고 생각한다.

워커힐의 어느 봄날
-봄의 유혹

교중미사가 끝나고 10분 정도는 늘 있던 성가 연습이 오늘은 없었다. 성당 밖에 나오니 날씨가 너무나 화창했다. 이 화창하고 화사한 봄 날씨가 그냥 집으로 들어가기엔 모두 너무나 아까운 모양이다. 성가대원 중에 '카타리나'와 몇 명이 남아서 '데레사 형님, 형님도 이대로 집으로 들어가시기엔 날씨가 너무 아깝죠? 이 좋은 날 어디로든 좀 가요 네? 네?'하며 애교 작전이다. 그래, 벚꽃이 만발한 이 좋은 날 어디로든 가보자 핸들을 잡았다.

강변북로를 달리다 워커 힐로 향했다. 와, 어쩌면 달리는 차 창으로 들어오는 싱그러운 바람이 이렇게도 상쾌하고 기분 좋을까. 차 안의 네 여자는 차창밖으로 입과 두 팔을 벌린 채 '아 좋다, 너무 좋아!' 이구동성으로 감탄 연발이다. 서울에서도 명당에 자리 잡은 워커 힐은 언제 와도 정말 좋다. 산 중턱을 요리조리 잘 닦아놓은 아스팔트 길은 달리기에도 좋고, 그 길 양옆으로 벚나무 가로수가 있어 한층 운치를 더해준다. 연인과 데이트하기 좋은, 분위기를 겸한 멋진 드라이브코스가 되기도 하는 길이다. 지난주에 남편과 왔을 때는 벚꽃이 만발했고 꽃비가 내렸었다. 벚꽃 터널을 지날 때는 꼭 내가 꽃 나라의 왕비가 된 기분으로 행복하기까지 했었는데…. 꼭 일주일 만인데도 벌써 화사했던 벚꽃은 져버리고 말았다. 그러나 그 자리엔 배냇니를 드러낸 아기의 미소 같은 연두색 예쁜 새잎이 돋아나 또 다른 상큼함과 신선함을 주었다.

끊임없이 섭리대로 움직이는 대자연의 예쁜 나무들을 보며 '참으로 자연은 부지런히, 한 치의 어긋남이 없이 자기 할 일을 다 하는구나.'하고 새삼 느꼈다. 그리고 조금만 귀찮거나 힘들어도 뒤로 미루고 지쳐 포기하려는 나 자신이 부끄러웠다. 산비탈에 있는 예쁜 꽃들은 어쩜 저리도 곱게 꽃을 피울까. 색깔도 아름다운 보라색, 노란색, 빨간색, 분홍색으로 꼭 커튼을 드리운 듯 조용히 그리고 묵묵히 오고 가는 사람들을 즐겁게 맞이해주는 앉은뱅이 패랭이꽃까지 모두가 고맙고 사랑스럽고 위대하게 느껴진다.

살랑살랑 바람이 볼을 스친다. 황사는 어제 온 비로 모두 씻긴 탓인지 오늘 더욱 청명한 날씨가 우리 마음을 설레게 한다. 차를 명월관 앞에 주차하고 분수대 앞 벤치에 앉았다. 위를 바라보니 버선코처럼 살짝 치켜 올려진 명월관 지붕 처마 끝이 참 아름다웠다. 우리 선조들의 아늑하고 조용한 아름다운 자태를 보는 듯했다. 시원한 강바람이 우리를 더욱 싱그럽게 해주었다. 난간 앞쪽에 심어 놓은 커다란 느티나무는 정말 잘도 생겼다. 한강 쪽으로도, 또 연못 쪽과 건물 쪽으로도 고루 균형 있게 팔을 뻗쳐 가지를 벌렸다. 그 많은 나뭇가지마다 연두색 새싹들이 뾰족뾰족 나오고 있는 것이 얼마나 예쁜지, 꼭 아기들이 방 밖으로 고개를 빼꼼히 내밀고 있듯이 정말 예쁘다.

몇십 년 전부터 이곳에 서 있는 이 나무는 알리라, 그리고 생각하리라. 이 나무 밑에 와서 쉬었다 간 수많은 사람의 마음들을. 아름다운 사랑과 아픔과 분노와 후회로 한강을 바라보던 일, 그리고 희열과 기쁨의 눈물을 흘리던 일들도. 내일도, 모레도, 그다음 해에도 이 느티나무는 언제나 이곳에서 많은 사람을 마중하고 이별하고, 그리고 계절마다 어김없이 또 나뭇잎을 드리우고 떨구면서 묵묵히 혼자 세월을 말하리라. 오늘도 느티나무는 그 많은 가지를 거느리고 한강을 바라보며 묵묵히 서 있다. 찬란한 봄, 온 누리가 연두색 물감을 칠해 놓은 것 같은 녹색의 장원에서 햇살에 떠밀리어 흘러내려 가는 한강 물을 바라보면서. 벤치에 앉아 한강을 바라보다가 문득 난간 아래 둑을 내려다보았다. 어머나, 수풀 사이로 쑥이랑 냉이랑 연두색 연한 싹들이 잎을 뾰족이 내밀고 있는 것이 얼마나 예쁜지 금방이라도 바구니를 들고 뛰어 내려가서 냉이 캐는 소녀가 되고 싶었다.

바람이 불었다. 기분 좋은 봄바람, 감촉도 좋다. 입을 벌리고 불어오는 대로 바람을 먹었다. 몸속까지 시원하게 마음껏 마시고 마음껏 먹었다. 봄을 먹은 내 몸에서도 파릇파릇 예쁜 새싹이 돋아날 것만 같았다. 연못 가운데 있는 분수대에서 갑자기 물줄기가 힘차게 뻗어 솟아오른다. 사람들이 와, 손뼉을 치며 환성이다. 봄은 역시 만물을 생동케 한다. 모든 사람에게 희망과 푸름을 주며 약동하게 만든다. 힘이 불끈 솟도록. 우리 일행은 저마다 싱그러운 봄 향기에 흠뻑 빠지고 취해서 마냥 즐거운 소녀 같은 마음들이 되었다. 화사한 봄날에 멋진 유혹을 당한 날! 이 아름다운 유혹으로 모두 참 행복했다고 이구동성 야단이다. 앞으로도 오늘같이 종종 또 행복한 날 만들자면서 모두 날아갈 듯 기쁜 마음으로 워커힐에서 내려왔다. 봄날의 유혹, 좋았다.

'입찬소리 하다 큰코다치지.' 속없이 잘난체하는 사람을 보고 어른들이 흔히 하시던 말씀대로 내가 이 동네에 와서 살게 될 줄 누가 알았을까. 압구정동 현대아파트에 살 때다. 하루는 남편이 베란다에 나가 서서 한강 건너 쪽을 바라보며 '저쪽에 아파트 하나 사 놓을까? 저기는 집 앞쪽으로 한강이 보일 테니 좋을 것 같은데.' 했다. 나는 대뜸 '그 달동네에다 집을 사놔서 뭐하게! 그런데 가서 살 일 있어요?'하며 어이없다는 투로 말했었다. 지금 생각하면 얼마나 허황된 교만인가. 한치 앞도 모르는 어리석음이었다. 시쳇말로 그때는 우리 집이 잘 나갈 때였다.

강남과 분당, 일산에도 집이 있었고 나도 학교가 강남이어서 근무하기 좋았다. 게다가 아이들은 모두가 부러워하는 8학군에서 소위 일류학교라는데 다니고 있었고, 모든 게 잘 풀리고 좋을 때였다. 그러던 어느 날 갑자기 남편 사업이 부도가 나는 바람에 날벼락처럼 다 날아가 버렸지만…. 그때는 내 정신이 아니었다. 날아간 집들을 생각하면 자다가도 숨이 콱콱 막혀 벌떡 일어

나보면 온몸이 땀으로 범벅이 되어 있었고, 병원에서 링거를 매달고 살다시피 했다. 저승 문턱까지 갔다 왔다고 해야 할까? 지금 생각해도 아찔하다.

아들이 미국유학을 마치고 돌아와 삼성동에 있는 외국인 회사에서 근무할 무렵이다. 하루는 서울지도와 수도권 지하철 노선도를 내 앞에 펴놓고 "엄마 서울에서 교통이 제일 좋은 곳이 왕십리야. 서울 전체를 놓고 봐도 왕십리가 제일 중앙에 위치하고 있고, 전철로는 2호선, 5호선, 국철까지 있어요. 또 강변북로, 내부순환로, 동부간선까지 사통팔달이에요. 게다가 집값도 싸요. 엄마 이곳으로 이사 가는 게 어떠세요? 제 회사도 가깝구요." 아들의 말을 듣고 보니 그럴 것 같아서 결국 이곳에 아파트를 샀다. 내가 이곳으로 이사 온 지 벌써 3년. 처음엔 적응하기에 꽤 힘들었다. 이곳은 서울이 아닌 듯 압구정에서 한강의 다리 하나 사이인데 시대에 많이 뒤떨어진 듯한 재개발을 해야 할 좀 후진 동네였었다. 그러나 살아갈수록 서민적인 인심도 좋고, 이웃들이 좋았다. 이곳도 다른 곳처럼 서서히 새 아파트들이 많이 들어서고 옛날과는 다른 모습으로 변모해 간다지만 아직은 골목에 구멍가게도 많고, 부녀회에서 하는 매주 한 번씩 서는 아파트 장날에는 우산 살 고치는 할아버지에 향수를 느끼게도 한다.

조무래기들이 가게 앞에 모여 앉아 달고나를 해먹는 모습도 평화로워 보이고…. 사람들은 대체로 순수하고 정이 있다. 또 몇 발짝 걸어나가면 잘 정리해 놓은 청계천변의 고수부지에는 자전거길, 자동차극장, 인라인스케이트장과 훌륭한 체육시설들이 있어 운동하기에도 좋다. 역사의 장場인 살곶이

다리를 걸으면서 우리 조상들의 초 과학적이고 상상도 할 수 없는 기하학적인 지혜로움을 다시 생각하며 이런 사적史蹟이 우리 동네 왕십리에 있다는 것도 자랑스러웠다. 푸르게 흐르는 청계천 물소리도 좋았다.

내가 욕심이 너무 많아서였는지, 아니면 하나도 잘난 것도 없는 주제에 쓸데없이 교만했던 내 어리석음으로 지난 일에 대한 벌罰을 주셨던 것이라 생각하며 더욱더 열심히 산 덕택인지 작년에 좀 큰 집 한 채도 더 마련하게 되었다. 감사할 뿐이다. "얘, 부도가 나면 빚까지 걸머지고 길에 나앉는 사람도 많다는데 넌 살 집 있겠다, 먹고살 걱정도 없지 않니? 그러면 고마운 거지, 감사하며 살아라."하시던 언니의 말처럼 이곳 왕십리에 와 살면서 왕십리가 나를 바꿔놓은 교훈이 있다면 늘 감사하며 겸손하게 살아가라는 것이라 생각한다. 그리고 믿음이다. 뒤돌아보면 등골이 후끈거리던 몇 년 전의 내 모습이 지금은 부끄럽다.

우리 아들은 오래된 집이지만 이 집이 참 좋단다. 그래서 이 집에서 오래 살고 싶단다. 나도 이 집과 이 동네가 좋아졌다. 살아갈수록 정이 드는 이곳 왕십리로 오길 참 잘했다. 이젠 오랜 교직 생활도 접었으니 이곳 문우들과 만나 글 쓰는 재미도 붙여가며 열심히 성실히 오래오래 살아보려 한다.

아들이 사준 반지

오늘도 밖에는 궂은비가 내린다 하루 종일 내릴 모양이다. 이렇게 비가 계속 내리면 올해 농사는 어쩌나 걱정이다. 한여름의 뜨거운 햇볕을 쬐어야 곡식도 잘 익는다는데…. 지금이 IMF 때보다도 더 경제 상황이 나쁘다고 한다. 농사라도 잘되어 풍년이 들어주면 얼마나 좋을까. 올 8월 한 달만 하더라도 비 온 날만 21일이나 된다니 한 달 내내 비가 온 셈이다. 비가 너무 많이 온 탓에 한여름인데도 별로 더운 줄은 모르고 지냈지만 걱정이다. 하느님은 농심을 아시는지 모르시는지 절기는 어느새 아침저녁으로 제법 썰렁한 기운이 도는 9월 가을 문턱이다.

청소도 다 했고, 하릴없이 잡다한 정리 좀 하려고 문갑을 열고 이것저것을 정리하는데 꽁꽁 싸여있는 작은 통 속에서 반지가 나왔다. 강낭콩만 한 자수정에 인조 사각 다이아몬드가 박힌 반지! 내게는 너무나 소중한 반지다. 이 반지를 받으며 얼마나 가슴 뭉클한 감격으로 눈물을 흘렸던가!

십오륙 년 전인가, 중학교 1학년 때의 우리 아들 생일날이었다. 저녁때는 식구들이 시간 맞춰 모이기가 어려워 우리 집은 아무리 바쁘더라도 온 식구가 같이할 수 있는 아침 식사 때에 생일축하를 한다. 그날도 늘 그래왔듯이 아침 식탁에서 가족들의 생일축하 노래가 끝나고 촛불을 끈 다음 생일 케이크를 자른 후 오늘의 주인공인 아들에게 엄마, 아빠와 누나들이 선물을 주려고 했다. 그러자 "엄마, 잠깐만요!" 하더니 재빨리 자기 방으로 뛰어갔다가 예쁘게 포장된 반지케이스와 카드를 들고 나와 어미인 나에게 하는 말 "엄마! 낳아주셔서 감사합니다."하며 먼저 내게 내미는 게 아닌가. "웬 선물? 얘! 오늘은 엄마 생일이 아니라 네 생일, 우리 아들 생일인데?" "저를 낳으시느라 힘드셨으니까 오늘은 엄마가 이 선물을 받으셔야 돼요." "와! 그래? 우리 아들이 이렇게 엄마 생각 하는 줄 몰랐네. 이렇게 신통할 수가…. 그래, 그래! 고맙다 아들아!" 순간 가슴이 뭉클하고 콧잔등이 시큰했다

반지 케이스를 열고 떨리는 손으로 반지를 꺼냈다. 아들이 내 손가락에 끼워주었다. 타원형 자수정을 둘러싼 사각 다이아몬드들이 비록 인조 보석이지만 내게는 너무도 귀하고 고급스러운 세상에서 하나뿐인 보물이다. 찬란하게 빛났다. 보랏빛 자수정이 물을 머금은 듯 사랑스럽게 비추어져 내 손가락을 화려하게 장식했다. 눈물이 났다. 예쁜 그림이 있는 카드도 펴 보았다.

엄마!

저를 낳아주셔서 정말 고마워요.

그래서 선물하는 거니까 기쁘게 받아주세요.

그리고 제가 공부 열심히 해서 엄마의 소원
이루어 드릴게요.
앞으로 공부 열심히 하고 착한 아들이 되도록
노력할 것이고 또 그렇게 되겠습니다.
세상에 하나밖에 없는 아들.
상엽 올림
P.S 글씨 못 써서 죄송

이런 예쁜 글과 함께 받았던 반지! 오늘도 눈물이 나왔다. 어쩌면 중학교 1학년짜리 어린것이 어떻게 자기 생일날 오히려 엄마에게 선물 줄 생각을 했을까? 그것도 저 혼자서 조용히 용돈을 모아서 거금을 만드느라 얼마나 애썼을까, 13살짜리 어린것이 말이다. 생각할수록 기특하고 대견스러웠다. 그맘때의 아이들이라면 대체로 제 생일날 이번엔 뭘 사달라고 할까, 하며 자기가 받고 싶은 선물만을 생각하지 그 날이 자기 엄마가 가장 힘들었었던 날이라고는 아마도 생각조차 못 할 것이다. 자식 생일날에 열세 살 어린 자식에게서 어미가 선물을 받은 사람은 아마도 나밖에 없을 것이다. 속 깊은 우리 아들, 얼마나 가상하고 기특하고 대견한지 내가 세상에 없는 아들을 낳았구나, 감동이 지나 감격이었다. 내 생애에 이렇게 가슴 뭉클하게 행복한 순간이 또 언제 있을까? 우리 아들이 산山 만큼 커 보였고 너무나 자랑스러웠다. 하나밖에 없는 내 아들이 고마웠고 또 이렇게 엄마를 생각해주니 나같이 행복한 사람이 또 어디 있으랴!

그날 출근하는 내 마음은 구름을 탄 듯 가벼웠고 발걸음은 날아갈 것 같았다. 학교에 가서도 입이 귀에 걸려 결국 선생님들에게 아들에게서 받은 반지 자랑을 하고 말았고 "어린애가 어찌 그런 생각을 다 했을까? 기특한 아드님 두셨어요. 선생님 정말 든든하고 행복하시겠어요."라고 칭찬까지 듣는 자식 자랑하는 팔불출이 되고 말았다.

참 오랜만에 아들 마음이 서려 있는 반지를 다시 손가락에 끼어보았다. 오늘따라 자수정 빛깔이 투명하고 호수 같은 자수정을 둘러싸고 있는 사각 다이아몬드의 광채가 반짝반짝 빛이 나서 더욱 아름답다. 이 반지는 내가 가지고 있는 보석 중에 제일 소중한 보석이다. 아니 우리 집 '가보家寶'다. 반지를 곱게 싸서 다시 상자에 담아 문갑 속에 넣어 두었다. 훗날 내 손자에게도 보여줄 것이다.

일어나서 아들 방으로 가보았다. 사랑하는 내 아들, 지금은 멀리 싱가포르에서 우리나라의 대기업 삼성그룹의 해외지사에서 세계인의 대열에 앞장서 IT산업역군으로 대한민국의 위상을 높여가며 열심히 일하고 있다. 아들의 빈방, 침대가 쓸쓸하여 시트를 새로 바꾸어 깔아주었다. 책상 위에 놓여있는 아들 사진, 로마의 바티칸 성당 앞에서 두 팔을 활짝 벌리고 환하게 웃고 서 있다. 오늘은 꼭 나를 보고 웃는 것 같았다. 믿음직스러웠다. 운동도 수영, 스키, 탁구, 골프 등 못하는 운동이 거의 없다. 게다가 유머감각까지 있어 친구도 많고 매사 긍정적이며 항상 미소로 밝은 아이이다.

막내라 늘 어리게만 느껴졌는데 이제는 어엿한 사회인으로 몸도 마음도 건강하고 씩씩한 남자로 커 주어서 고마웠다. 어느새 장가갈 나이가 되었으니…. 이제는 내 품 안의 자식은 아닌듯하다. 얼른 한국으로 돌아와 제짝을 찾아 장가보내야지. 막내만 보내면 내게 맡겨진 숙제는 다 하는 거니까. 늘 가슴 저리게 하는 내 새끼, 장한 내 아들. 건강 하렴. 울컥 눈물이 핑 돌아 방문을 닫고 나왔다.

10월 19일, 오늘은 큰딸의 생일이다. 전화기를 들었다. 딸에게 생일축하전화를 하려는데 마침 벨이 울린다. "엄마 절 낳아 주셔서 고마워요." "그러잖아도 네 생일선물 무얼 줄까 물어보려고 전화하려던 참이었는데?" "선물 안 줘도 돼요, 이제 제가 엄마한테 선물 드릴게요." "고맙다. 내 딸로 태어나 주어서…." 지금 큰딸은 딸만 둘인 딸딸이 엄마다. 손녀 둘 다 모두 공부를 잘해서 들어가기 어렵다는 국제학교에서 공부하다가 큰손녀는 미국에 있는 대학교로 가서 공부하고 있고, 작은손녀도 지금 국제고 2학년이지만 졸업하면 제 언니 따라 미국에 있는 대학교로 갈 것이다. 큰딸은 금요일이면 예술의 전당에서 전공이었던 그림을 그리러 다니며 문화생활을 한다. 남편 내조도 열심히 하고 짬이 나는 대로 골프, 수영 등 운동도 하며 편하게 살고 있다. 내 딸 아껴주고 편하게 해주는 사위가 고맙고 예쁘다.

벌써 20년 전이다. 큰딸이 대학교 4학년 2학기 때다. 마지막 등록금을 내고 나자 3년 넘게 교제하던 지금의 사위와 좋다는 날이 잡혀 9월에 약혼식을 했다. 이어서 12월 결혼 날도 잡았고, 예단을 보내는 날이었다. 예비사위와 딸이 함께 탄 차에 예단을 가득 실어 사돈댁으로 떠나보내는데, 그 차 뒷모습을 바라보는 내 마음이 왜 그렇게 가슴이 텅 빈 것 같은지 곧 쓰러질 것만 같았다. 방으로 들어와 화장대 앞에 앉았다. 앉아있는데도 가슴이 진정되지 않고 금방 무얼 잃어버린 사람처럼 왜 그렇게 서운한지…. 마치 내 소중한 걸 뺏긴 것 같은 마음이다. 허전했다. 꼭 내 딸을 훔쳐간 것, 아니 도둑맞은 것 같은 마음도 들고….

그저 멍하고 앉아있는 나에게 "엄마 아직도 그렇게 앉아 있는 거유? 벌써 3시간째야." 몇 시간을 심각하게 꼼짝도 않고 앉아있는 엄마가 걱정되는지 작은딸이 조심스럽게 묻는데도 입이 떨어지질 않았다. 사위를 얻었다는 든든함도 있었지만 왠지 한없이 섭섭하고 서운하고 걱정되는 마음은 가눌 수가 없다. 처음 딸을 시집보내는 어미 마음은 다 그런가? '잘 보낸 걸까?' '잘 살겠지.' '그래, 잘 보낸 거야!' '예의 바르고 침착하고 지혜로운 사람이잖아, 그래 그래.'

혼자 생각하고 또 생각하고…. 아마도 처음 장모가 되는 진통이었나 보다. 좋다고 하는 길일이 12월로 잡혀서 졸업식을 두 달 앞두고 결혼식을 올렸다. 결혼을 한 후 딸의 학교 졸업식 날이었다. 사각모를 쓴 딸을 보며 사위가 하는 말, "선영이는 제가 졸업시켰습니다. 하하." "등록금 다 내서 대학공부 끝내 놓으니까 냉큼 훔쳐가 놓구선?" 내가 하는 말에 온 가족이 모두 깔깔 웃었다.

사위가 예쁘다. 내 딸을 끔찍하게도 예뻐해 주는 우리 사위가 참 예쁘다.

종갓집 종손으로 자라서인지 매사 행동거지가 바르고 심지가 깊다. 무엇보다도 한결같이 내 딸을 최고라고 늘 예뻐해 주는 사위가 얼마나 예쁘고 감사한가. 회사의 오너로서도 그렇겠지만 사위는 행동도 언제나 바르고 침착하고 지혜로웠다. 항상 내공을 쌓는데 게으르지 않으며 늘 책을 가까이 읽고 연구하며 노력하고 도전하는 모습을 본다. 이렇게 힘든 세상에 성실히 열심히 회사를 운영해 나가며 모두를 아우를 줄 알고 포용력까지 큰 사위가 대견스럽고 자랑스럽고 고마웠다. 큰딸은 작은딸과 2살 차이인데도 맏딸이라서인지 마음 씀씀이가 영 다르다. 사위 역시 맏사위라서인지 매사 생각이 깊고 믿음직스러웠다.

참 세월이 많이 갔다. 오늘, 어느새 42살 된 큰딸의 생일을 맞고 보니 옛날 생각이 났고 새삼스레 옛날 그때, 큰딸 큰딸 예단 보내던 날이 생생하게 다시 떠올라 웃음이 나왔다. 우리 집 개혼으로 처음 딸을 시집보내는 어미 마음이라 감회도 크고 느낌도 크고 생각도 더 컸었나 보다. 그동안 세월이 흘러 이제 우리 아이들 삼 남매, 두 딸과 막내아들까지 다 성취시켰고 지금은 손주들이 다섯 명이다. 자식들이 이렇게 나이를 먹어가니 나도 어쩔 수 없이 이젠 할머니로 늙어 갈 수밖에! 그러나 늙어도 좋다. 내 자식들 모두 지금처럼 잘 살아주기만 하면 고맙고 감사할 뿐이다. 하지만 아무리 생각해도 우리 딸이 어느새 마흔두 살이라니, 하하 나 원 참! 오늘따라 창가에 쏟아지는 햇살이 참 곱다.

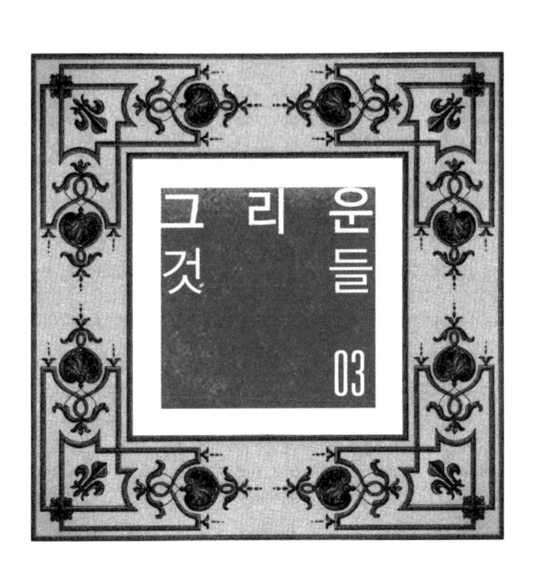
그리운 것들
03

수영장 티켓
행복한 담보
아들이 사는 싱가포르
그리운 것들
분위기를 모르는 남자
한강이 좋다
둘째 딸의 사표
이건 아니다
홀인원

수영장 티켓

퇴직하기 며칠 전의 일이다. "선생님 이거 별거 아닌데요, 퇴직하시면 다니세요. 언젠가 선생님이 '하고 싶은데 시간이 없어서 할 수 없다.'고 말씀하신 일 있죠? 평소에 늘 저 예뻐해 주시고 생각해주셨던 것 정말 고마웠습니다. 퇴직하셔도 지금처럼 늘 밝고 건강하세요." 나이도 아직 어린데 행동거지가 바르고 성실해서 내가 아끼며 각별히 지내던 M 선생으로부터 받은 선물이다. '수영장 티켓'이었다. 평생 바쁘게 학교만 다니느라 사실 운동할 시간의 여유가 없었다. 세상인심이라는 것이 관계가 있을 때는 서로 잘하며 지내다가도 별 볼 일 없다 싶을 때는 찬바람이 나도록 냉정해지는 게 태반인데, 이런 선물을 주니 정말 고마웠다. 그리고 내가 이런 선물을 받을 만큼 크게 잘해준 것도 없는 것 같은데 이런 선물을 받다니 오히려 미안했다. M 선생은 자기 위주로만 생각하는 요즘 젊은 사람들과는 달리 상대방을 생각하고 배려할 줄 알고 학교 일도 스스로 나서며 몸 사리지 않고 잘 해주는 모범교사였다. 내가 그래도 그럭저럭 잘 살아온 걸까? M 선생님께 정말 고맙고 감사하고 미안했다.

어느 잡지에선가 읽었던 내용이 생각났다. 정년퇴직하기 며칠 전이란다. 책상 위에 자그마한 선물상자가 놓여있어 펴보니 선물 속엔 기원(바둑) 회원권 1년 치와 헬스 1년 회원권이 들어 있더란다. 그리고 예쁜 색깔의 편지에는 이렇게 쓰여 있었다고 한다. '이사님 나무는 겨울에 나이테를 먹는다고 합니다. 이제까지 바빠서 못하셨던 바둑도 두시고 운동하시며 여유롭게 사시기 바랍니다. 부하 직원 일동.'

우연의 일치인지는 몰라도 M 선생님의 선물과 비슷했다. 요즘처럼 정情이 말라버린 세상에 신뢰와 사랑이 담긴 아름다운 모습이다 그래, 퇴직은 퇴물이 아니라 이제 시작이라니까 여유롭게 마음을 열고 또 다른 세계로 자유롭게 새롭게 시작하는 거라고 생각한다. 매여 있는 곳이 없으니 얼마나 자유로운지.

이젠 자유다. 이진숙! 화이팅! 만세! 생각해보니 앞으로 할 일이 너무 많은 것 같다. 정말 해보고 싶었던 수영도 해야 하겠고 산에도 가고 골프도 배우고 싶고 발바닥에 땀이 난다는 재즈댄스도 배워야겠다. 구기球技엔 둔하지만 운동량이 많은 탁구도 해보고 싶다. 모름지기 바쁘다는 건 좋은 일이고 활력이 생기는 일이 아닌가. 더욱이 늙을수록 일事을 만들고 더욱더 바빠야 한단다. 이제 새로운 제2의 삶의 장場으로! 지금까지와는 다르게 여유로운 마음으로 능력이 되는 한 베풀어가며 남은 인생을 멋있게, 품위 있게, 하고 싶은 일 하면서 젊게 살아야겠다. 인생은 60세부터라는 말을 이런 때 하는 건가 보다. M 선생님께 감사하며, 제2의 인생이여 파이팅!

행복한 담보

우리나라도 이젠 모든 금전거래가 카드화되고 있다. 금전거래뿐이 아니라 카드 하나로 기름도 넣고, 전철과 버스도 타고, 백화점에서 상품도 구입하는 등 이젠 주머니에 돈을 넣고 다니지 않더라도 카드만 있으면 모든 일이 해결된다. 저마다 바쁘고 빠른 정보화 시대에 카드 하나면 모든 것을 결재하고 간편하게 이루어진다는 것은 참 편리하고도 고마운 일이다.

퇴임하기 나흘 전에 학교에서 동료들과 LG카드를 신청했다. 나는 사용하고 있는 신용카드가 하나 있어서 꼭 만들 생각은 없었는데 선배 선생님이 "퇴임하기 전에 카드 하나는 더 만들어 놔요. 이 LG카드는 자동차에 기름을 넣을 때도 또 휴대폰에도 할인되고 또 뭐 두둑한 선물도 많다던데." 하기에 마침 학교로 LG카드사 여직원이 홍보 때문에 온 김에 몇몇 선생님들과 함께 카드를 신청했었다. 며칠 후에 배달이 될 거라 한다. 그 후 퇴임을 했고, 그리고도 한 열흘이 지나도록 카드가 배달되지 않기에 아파트 경비아저씨에게 혹시 우리 집에 오는 우편물 빠뜨린 것 없냐고 물어봐도 그런 일 없단다. 궁금해서 재직하던 학교로 전화해 보니 그 선생님들은 벌써 훨씬 전에 카드를 다 받았다고 한다. 그러면 내 것은 배달 도중 분실된 건 아닐까 싶어 LG 카드사로 문의했다. 주민등록번호를 묻기에 말해 주었더니 황당한 대답을 했다.

"퇴소하셨죠?" "퇴소라니요?" "직장을 그만두셨잖아요? 그래서 카드가 발급되지 않았습니다."라고 하는 것이다. "하지만 퇴직해도 매월 연금을 타는데 무슨 문제가 있습니까?" 했지만 연금을 타도 안 된단다. 월급이 꼬박꼬박 나오는 확실한 직장이 아니라 믿을 수가 없다는 것이겠지. 참으로 충격이었다. 내가 학교에 재직하고 있을 때는 수없이 여러 카드 회사에서 나와서 카드를 만들라고 하고, 은행에서는 신용대출이다 뭐다 담보 없이도 돈을 빌려주겠다고 야단이었어도 쓸데없이 카드를 많이 만들 필요가 없다고 하지 않았었는데. 이제는 카드를 만들려면 아파트 등기부 등본이나 재산세 납부 영수증, 또는 남편의 사업자등록증 등을 보여주어야만 만들 수 있다니 참 서글픈 생각이 들었다.

그러나 그런 것까지 갖다 주어가며 카드를 꼭 만들어야 할 필요를 느끼지 않았기 때문에 카드 만드는 것은 그만두었지만 세상 사는 것이 쉬운 게 아니라고 느끼며 세상은 참으로 냉정하다는 걸 실감했다. 그리고 비로소 직장이 있다는 그 자체가 담보였었고 정말 좋은 것이었다는 것을 다시 확인했다. 내가 그동안 직업이 있고 일을 하러 나갈 직장이 있었다는 것이 참 '행복했었구나.'하고 깨달았다. 나보다 먼저 명예 퇴임을 한 친구 기만이의 말이 생각났다.

"얘, 공무원증 반납할 때 왜 난 그렇게 눈물이 나던지. 그렇게 허전할 수가 없고 마음 한구석이 영 텅 빈 것 같더라." 하던 말. 그래, 요즘 같은 불신시대에 사회생활을 하는 데는 무엇인가 담보가 되어야 믿음을 주게 되고 또 상대방을 신뢰할 수 있는 것은 결국 믿음(돈)인데, 그동안 나에게 직장은 참으로 행복한 담보가 되었던 것이다. 요즘같이 카드가 난발해서 문제가 많이 발생하는 때에 LG카드의 까다롭도록 세밀하고 확실한, 책임 있는 카드발급과정은 카드 도용과 사회 불신을 막는 참으로 환영받을 만큼 매우 잘하는 일이라고 생각한다. 온실 속의 화초처럼 학교라는 울타리 안에서만 사십 년 가까이 생활하던 나에게 세상은 일정한 직장이 없으면 무섭고 냉혹하다는 것을 LG카드 신청으로부터 경험시켜 나에게 교훈을 주었다.

앞으로 더 큰 충격을 받기 전에 모래알 같은 수많은 사람들 속에서 살아가려면 마음 단단히 먹어야겠다. 그리고 심한 파도에도 굳건한 바위처럼 사계절 늘 푸른 소나무처럼 그러나 때로는 바닷가의 보드라운 예쁜 모래로 나를 돈독히 구축해 나아가야 하겠다는 생각과 마음을 굳게 다져본다.

얼마 만인가! 결혼식이 끝나고 신혼여행 갔다가 돌아오자마자 곧바로 아들 내외를 훌쩍 외국으로 떠나보내고 허전하던 차였다. 새아기가 임신했다는 반가운 소식에 기쁜 마음으로 축하금도 전달할 겸 처음 아들 집에 가게 되었다.

소풍 가기 전날 밤 잠 못 이루고 설레듯, 내 아들 보러 간다는 마음에 며칠째 잠을 설쳤다. 나이 탓인가 깜빡깜빡 잘 잊어버려 아예 트렁크를 거실에다 갖다 펴놓고 생각나는 대로 가져갈 것을 하나씩 둘씩 넣었다. 아들이 좋아하는 장조림도 만들어 넣고 새아기 보약도 지어 놓고, 일인당 기준치의 무게를 넘지 않으려고 해도 어느새 가방은 자꾸 배불뚝이가 되어 다시 줄이고 또 줄이고…. 드디어 출발, 남편이랑 삼성동 공항터미널에서 짐 부치는 절차를 마치고 기내에 들어갈 작은 가방만 메고 리무진을 탔다.

인천공항에 도착했는데 아직도 출국시간은 2시간 전이다. "그것 봐, 시간이 많다니까 그렇게 서두르더니 너무 일찍 왔잖아. 아들이 그렇게 좋아? 신랑 혼자 집에 놔두고 그렇게 빨리 떠나고 싶어?"하고 농담하며 웃는 남편. 남편은 일이 있어 나만 혼자 떠나게 되었다. 이제까지 국내여행이든 외국여행이든 부부동반으로 늘 같이 다녔었는데 혼자 여행을 떠나는 건 이번이 처음이라 나도 좀 허전했지만 남편은 꽤 섭섭한 모양이다. 나도 꼭 어린애 혼자 집에 두고 나가는 것 같아 좀 걱정도 되면서 안쓰럽고 미안했지만 내 마음은 벌써 아들에게 가 있는 걸 어쩌누. 아들은 삼성전자 회사의 싱가포르 지사에 근무하고 있다.

드디어 싱가포르 항공의 탑승이 시작되고, 이어 요란한 엔진 소리와 함께 귀가 먹먹해지면서 큰 쇳덩어리인 비행기가 공중에 뜨고 있다. 나는 비행기를 탈 때마다 신기하다. 사람 하나도 공중에 띄우려면 무거운데 이 많은 사람을 다 태우고 또 그 많은 짐들까지 다 싣고도 이토록 커다란 쇳덩어리가 어떻게 공중에 뜰 수 있는지 말이다. 물론 과학의 힘이지만 나는 매번 비행기를 탈 때마다 비행기 처음 타보는 시골 할머니들처럼 그저 신기하기만 하다. 그리고 공중에 떠 있는 동안 정말 내가 목적지까지 무사히 도착할 수 있을까 하는 불안한 생각을 할 때도 있다. 어떤 때 기체가 좀 흔들릴 때도 이대로 떨어지면 어떻게 될까 하는 생각을 할 때도 있다. 그러다 착륙한다는 안내방송이 나오면 후유, 하고 감사한다. 동시에 끝도 없이 연구와 개발을 하고, 발명하고, 발전시키는 사람의 능력이 얼마나 위대한지 존경스럽다. 때로는 과연 어느 경지에까지 이를 것인지 상상해본다. 인간의 무한한 능력이 어떨 땐 무서울 정도다.

"엄마는 비행기 탈 때마다 그 말씀이세요, 참. 호호…." "하지만 탈 때마다 신기한 걸 어쩌니?" 난 비행기뿐 아니라 SNS의 통신망 IT산업의 모든 것들. 전화도, 컴퓨터도 신기하다. 셀 수 없이 수많은 공중파 속에 내가 원하는 사람의 소리를 듣고 실제로 만나지 않고도 지구의 반대편에서도 같은 시각에 서로 얼굴도 보고 표정을 보면서 말을 할 수 있다는 사실이 말이다.

내가 아주 어릴 적에 친구들이랑 '너는 엄마, 나는 아빠'하며 소꿉장난을 할 때 풀을 뜯어서 반찬을 만들고 국도 끓이고 밥상을 차리며 놀았을 때 "얘, 스위치 하나 꾹 눌러서 밥도 되고 국도 끓여진다면 얼마나 좋을까 정말 그런 세상이 있을까?" "그래, 정말 그럴 수 있다면 얼마나 좋을까 정말 신기 할 거야 그치?"하며 상상도 안 되는 꿈같은 얘기라고만 알았었는데, 불과 몇십 년도 안 돼 그 꿈같던 얘기가 현실로 이루어진 세상에서 지금 살고 있으니 내가 꿈이 아닌 별천지에서 사는 것이다. 얼마나 좋은 세상인가. 밥은 물론이요, 설거지도 자동으로 하는 식기세척기에, 빨래도 건조까지 시켜주는 세탁기에, 이제는 물걸레로 닦아주는 자동청소기까지 등장했으니 이게 바로 별천지의 세상이 아니겠는가.

아무튼 비행기는 한국을 한참 벗어나 바다 위를 날고 있는 것 같다. 창밖으로 보이는 흰 구름은 마치 목화솜을 뭉게뭉게 펼쳐놓은 듯 하얗게 펴있어 맨발로 밟아보고 싶다고 생각하는 순간, 눈을 감았다. 마치 천사가 된 듯, 어느새 내 등엔 하얀 날개가 달렸고 구름 위를 날고 있다. 나이도 없고 세월도 하얗게 잊은 채 그대로 그냥…. 드디어 비행기가 목적지에 착륙한다는 안내방송이 들린다. 싱가포르다. 공항에 마중 나온 아들 며느리와 함께 집으로 향했다. 창밖으로 지나는 이국의 풍경들이 푸르고 싱그러웠다. 드디어 내 아들 집에 왔다. 아들 집에 들어서니 참 대견한 것 같았다. 어리게만 생각했던 내 아들이 이렇게 한 가정을 꾸리고 살다니! 감동이었다.

위로 딸 둘을 낳고 아들을 못 낳을까 봐 노심초사 전전긍긍하던 끝에 간신히 얻은 아들, 그야말로 금이야 옥이야 불면 날까 쥐면 꺼질까 하며 키운 내 아들! 아직도 어리게만 생각되는 내 아들이 이 먼 타국에서 어엿한 한 가정의 가장이 되어 살림을 꾸리며 살고 있다는 것이 가슴이 찡 울렸다. 새로운 가구들과 살림살이들, 새 식구, 며느리가 같이 사는 집. 이젠 내가 시어머니가 되었다는 실감도 나고 가슴 뿌듯했다. 외국 생활을 많이 해서인지 자주적이고 진취적인 내 아들이 정말 대견스럽고 자랑스러웠다.

아파트도 얼마나 깨끗하고 예쁜지 들어서는 현관과 창문 밑엔 푸른 화초들로 싱그럽게 꾸며지고 주민들을 위해 부대시설로 수영장이랑 산책길, 공원, 바비큐 장 등등…. 모든 시설을 편리하게 해놓고 공기정화장치로 많은 나무들로 아파트가 푸르고 화초들이 많아 마치 한국의 에버랜드에 온 것 같은 착각을 할 정도다.

하루는 현지에 있는 아들 친구 부부를 저녁 초대해 바비큐 파티를 하는데 풍치가 있었다. 서늘한 바람과 별들이 반짝이는 하늘과, 불빛에 비쳐 더욱 반짝이는 나뭇잎들, 그래서인지 음식들도 더 맛이 있었다. 이곳은 바비큐나 생선 등 연기 나고 냄새나는 것들은 이웃에 민폐가 되기 때문에 또 집안에서 하기 번거로운 요리를 나와서 해먹을 수 있도록 아예 아파트에 몇 군데에 바비큐장으로 특별 시설을 해놓았다. 언제 이용하겠다는 신고만 하면 주민들이 편리하게 이용할 수 있다. 이렇게 공동으로 사용할 수 있는 바비큐장 같은 게 우리나라 아파트에도 있었으면 좋겠다.

이밖에 아파트 주변엔 초록빛 싱그러운 나무들과 화초들을 조화롭게 색깔을 맞추어 키 순서대로 얼마나 싱싱하고 아름답게 꾸며 놓았는지 아파트가 아니라 무슨 화훼단지에 온 듯 참 보기 좋았다. 아침마다 아파트 관리 하는 분인지 정원사인지 열심히 풀도 깎고 화초들을 가꾸고 있는 모습도 보인다. 아파트 주변엔 언제나 검불 하나 없이 깨끗하다. 내가 이곳에 있는 동안엔 아침이면 늘 중앙에 있는 노천 수영장에서 수영을 하고 나면 벤치에 앉아 파란 하늘을 바라보는 것이 습관이 되었다. 수영장 주변에도 야자나무랑 갖가지 수목이 어우러져 그 그늘에 누워 하늘을 바라보면 파란 하늘이 더욱 파랗고 아름답다. 싱가포르는 거리로 나가도 깨끗하다. 깨끗해서 안 더운가? 분명히 더운 나라인데도 우리나라 여름처럼 땀범벅이 되거나 땀 때문에 몸에 옷이 붙을 정도는 아니다. 도시 전체를 조성해 놓은 듯 어디를 가도 꽃들이 피어있고 수목이 많아 늘 푸르고 싱그러웠다. 아마도 이 푸르름이 더위를 식혀주고 싱그럽게 만드는 게 아닐까?

나는 경영이란 것을 잘 모르지만 싱가포르란 나라는 아무것도 모르는 문외한인 나 같은 사람이 봐도 나라 경영을 참 잘하는 것 같았다. 이곳은 치안도 잘 되어있단다. 국민 모두가 도덕성이 철저해서 거짓말이나 도둑도 거의 없다고 한다. 질서도 잘 지키고 심지어 길가에 껌조차 함부로 뱉는 사람도 없다 하니 어디를 가든 깨끗할 수밖에…. 이 나라는 교통경찰이 제복을 입지 않는다고 한다. 그래서일까? 택시의 뒷자리에 앉을 때도 으레 다 안전벨트를 착용하며 누가 보든 안 보든 교통규칙을 어기는 사람이 없는 것 같다. 또한 정치하는 높으신 분들도 사사로운 욕심 없이 오직 나라와 국민을 위해 투명한 정치를 한다고 한다. 국민소득도 꽤 높다고 들었다. 그래서인지 사람마다 조급하지 않고 얼굴, 모습들이 모두 밝고 편안해 보였다.

세계적으로도 작은 나라이면서 잘 사는 나라! 선진국대열에 서 있고, 꽤 똑똑한 나라인 것 같다. 우리나라의 높으신 분들께서도 이런 좋은 점들은 배웠으면 좋겠다. 대학교육도 싱가포르에서만 4개 대학이 뽑혀 세계 100위 안에 들어갔다고 한다. 세계적으로 아주 작은 나라인데도 4개의 대학교가 뽑힐 정도니 정말 훌륭하고 대단하다. 그래서인지 세계 각국에서 오는 유학생들이 많다고 한다.

일요일, 아들 내외와 쇼핑도 하고 오후엔 공원으로 산책을 나갔다. 돗자리를 펴고 앉아 집에서 가져온 김밥이랑 과일을 먹으니 맛이 있다. 서늘한 바람까지 불어오니 참 좋다. 공원엔 사람들이 많았다. 쌍둥이 유모차를 밀며 도란도란 이야기하며 가는 젊은 부부의 미소랑, 공을 차며 노는 아이들, 호수에 떠다니는 오리 떼들도 모두 한가롭고 즐거워 보인다. 하늘은 시리도록 파랗고 공원의 숲은 온통 초록빛으로 반짝이고 서늘한 바람은 마음까지 싱그럽게 한다. 참 좋다! 행복이란 별것이 아니다. 바로 이런 것이 바로 행복 아닐까? 더욱이 며늘아기가 임신 중이라 흐뭇했고 들어오는 길에 싱가포르에서 제일 맛있는 집이라고 안내하여 간 식당에서 아들 말대로 정말 맛난 저녁까지 먹고 들어왔다. 오늘 참 행복했다.

귀국하기 전날이었다. 부엌에서 아들이 손에 거품을 내며 설거지를 하고 있다. 며느리는 닦은 그릇을 찬장에 넣고 있다. 설거지하느라 거품 수세미를 든 아들 손을 본 순간 내 마음 벽이 쿵 하며 아찔했다. 바로 이게 시어머니의 마음인가, 역시 나도 시어머니였나 보다. 옛날엔 남자가 부엌에 들어가면 안 되는 세상이었지만…. 그래, 시어머니의 마음은 접자. 시대도 변했고 힘든 건 부부가 서로 도우며 살아야지. '그래, 서로 위해주면서 앞으로도 늘 그렇게 예쁘게 사랑하면서 건강한 아이 낳아 잘 키우렴. 너희도 어느새 부모가 되는구나. 부모가 되면 이 어미 마음도 알 게 될 테지.' 먼 타국으로 오직 신랑 하나 믿고 따라와 사는 것이니 남편 출근하면 낯선 나라에 혼자 얼마나 외롭고 쓸쓸할까 걱정했는데, 신통하게도 며늘아기가 영어 회화에 큰 어려움은 없어 이곳 생활에 잘 적응하며 살고 있다니 다행이었다. 새아가야, 건강 하렴! 우리가 바라는 건 오직 너희가 건강하게 서로 아껴주고 사랑하며 아름답게 사는 것, 그것뿐이란다. 얘들아 사랑한다!

그리운 것들

저녁을 먹고 집을 나섰다. 오늘 운동은 걷기다. 우리 동네는 걷기 코스를 여러 곳으로 잘 만들어 놓았다. 내가 걷는 코스도 호수변의 테크 산책로와 피톤치드를 할 수 있도록 오밀조밀 만들어진 둘레 길과 등산로로 되어있는 길이다. 걷는 길마다 설치해놓은 스피커에서는 가곡, 팝송, 아리아 등을 바꿔가며 들려준다. 멋진 곡들이 귀를 즐겁게 하여 사람들의 걸음걸이를 더 가볍고 경쾌하게 한다. 호수 위에 떠 있는 진주알 같은 조명등까지도 아름다운 디자인으로 설치해놓아 운치 있어 눈까지 즐겁다. 오늘은 「솔베이지의 노래」가 나온다. 내가 특히 좋아하는 노래로 갑자기 학창시절의 음악 선생님이 생각났다.

아득한 옛날, 검은색 교복 위에 빳빳하게 풀 먹여 다린 흰 칼라를 단 교복을 입고 다녔던 아름다운 학창시절. 음악 시간이면 혼란스럽도록 불같은 호령과 때로는 아름다운 감성으로 우리에게 「산타루치아」, 「오, 솔레미오」, 「솔베이지의 노래」 등 멋진 노래를 많이 가르쳐주던 정열적인 음악 선생님! 어느 음악가를 설명할 때는 북받치는 감성으로 우리도 눈물이 절절 흐르도록 심취하게 하다가도 어떤 때는 깔깔 웃게도 해주고, 음악 시간만 되면 우리는 서로 악보를 미리 보고 연습을 해놓기도 하고. 참 아름다웠던 추억이다. 음악을 위해 태어난 분 같은 잊지 못할 매력적인 선생님, 지금도 눈에 선하다.

그리움이란 건 돈으로 사 올 수도 없다. 음악을 들으며 걷는다. 지금 이 순간 정말 그립다. 그 시절로 돌아가고 싶다. 초겨울 교실 햇볕 쪽 창가 책상 위에 옹기종기 몰려 앉아 재잘재잘 얘기하다 까르르 웃고 떠들며 아무 근심 걱정 없이 지내던 그때. 흰 칼라가 구겨질까 자존심처럼 풀 먹여 세우던 꿈 많던 그 시절. 참으로 오늘따라 가슴이 아리도록 그립다. 너무나 간절한 마음에 가슴이 멜 듯 답답한 느낌, 이런 것이 그리움이란 것이겠지? 아직도 음악은 솔베이지의 노래가 흐르고 있고, 내 얼굴엔 하염없이 눈물이 줄줄 흐르고 있고…. 그리움이란 어찌할 수 없는 것을. 가져올 수도, 훔쳐올 수도, 되돌릴 수도, 돈을 주고 사 올 수도 없는 것을 어쩌랴! 안타깝고 가슴 아프지만 아름다움으로 추억만 하는 수밖에.

내가 정해놓은 코스를 한 시간 동안 열심히 걸었다. 건강하게 지금까지 살아왔고 이렇게 씩씩하게 걸을 수 있으며 뒤돌아보며 추억할 수 있다는 것만도 얼마나 큰 축복인가. 또한 나에게 유년의 어린 시절부터 학창시절, 청춘이었던 젊은 시절을 건강하게 보내고 오늘에 이를 수 있는 행운에 오직 감사할 뿐이다. 페르퀸트와 솔베이지의 슬프고도 아름다운 사랑을 생각하면서.

분위기를 모르는 남자

나이가 오십이 넘으면 양기가 입으로 온다고 하던가. 그래서 나이 든 여자들이 모이면 어딜 가나 시끄럽다. 친구들끼리나 동료끼리도 젊었을 때는 그놈의 자존심 때문에 입 꼭 다물었던 남편 흉들이 나이가 드니 술술 잘도 나온다. 아내들의 힘들고 옥죄어 지낸 오랜 세월에 대한 보상이라도 하듯 네 남편 내 남편 할 것 없이 '나도, 나도'하고 깔깔대며 도마 위에 올려놓는다. 남편 흉보기가 재미있어 시간 가는 줄도 모르고 수다가 무르익는다.

우리 남편도 만만치 않다. 내가 젊었을 땐 집에 식모가 있었지만, 아침이면 세 아이 뒤치다꺼리해주고 학교에 출근하려면 얼마나 바쁘겠는가. 아침 시간 5분은 금金쪽이다. 두 딸의 머리를 빗기고 땋아서 예쁘게 리본도 매어주랴, 옷 찾아 입혀주랴, 막내인 아들에겐 2부제 오후반 수업 때문에 낮에 먹일 것 미리 준비해놓으랴. 몸이 열 개라도 모자랄 지경으로 쩔쩔맬 때 이 양반에게 이불 좀 개어달라고 하면 "응, 알았어. 내가 개어놓을게."하며 신문지를 들고 화장실을 간다. 한참 바쁘게 동당이질을 치다가 방에 들어와 보면 아직도 방바닥에 이불이 그대로 있다. 결국 성질 급한 내가 갤 수밖에…. 하루는 내 잔소리에 못 이겨 모처럼 남편이 이불을 개어 옷장 속에 넣었다. 그러나 웬걸, 조금 있으니 '삐거덕-' 옷장 문이 대문 열리듯 양쪽으로 활짝 열리며 '안녕하세요?'하고 인사하듯 이불들이 방바닥으로 그대로 쏟아진다. 이불을 바르게 개어 판판하게 차곡차곡 넣어야 하는데 그냥 둘둘 말아 넣고 억지로 옷장 문을 닫았으니 이불들도 반항을 할 수 밖에 없었다. 그 뒤로는 이불 개어 달라는 소리는 하지 않았다.

청소기가 나오기 전, 빗자루로 방을 쓸 때였다. 쓰레받기를 가지러 간 사이에 모아놓은 쓰레기들을 돛단배같이 커다란 남편 발이 밟고 지나가는 바람에 다시 쓸어 모으게 하지를 않나. 지금은 청소기가 있어 빗자루로 쓸지는 않지만 요즘 가끔 힘이 들어 청소기로 좀 돌려달라고 하면 어질러진 물건들을 치워가며 소파 밑이나 식탁 밑 안 보이는 곳까지 구석구석 돌려야 청소가 되는 건데, 이 양반은 치우기는커녕 있는 그대로 놔두고 가구나 물건들을 살살 피해 가면서 빤히 보이는 편한 곳만 청소기로 몇 번 왔다 갔다 하다가 청소를 다 했단다. 어휴, 뻔히 알면서 왜 내가 또 시켰는지 후회를 한다. 이제는 좀 알아서 해 줄 때도 됐으련만. 결국 또 청소는 내가 다시 해야 한다.

나는 커피를 좋아한다. 엄밀히 말하면 커피보다는 분위기 있게 앉아 커피향을 음미하며 즐긴다고 해야 할까. 아무튼 그날도 일을 다 마치고 커피를 마시며 조용히 음악을 듣고 있는데, 남편이 생뚱맞게 바짝 내 옆에 와 앉아서 발톱을 깎기 시작했다. 그것도 신문지도 깔지 않은 채 딱! 딱! 발톱을 깎는 것이다. 발톱은 거실 사방으로 파편처럼 이리저리 튀었다. 발톱이나 부드럽나, 두꺼운 도끼 발톱이다. 운 나쁘게 밟히거나 찔리면 대형 사고다. 그날도 그렇게 남편은 분위기 없이 내 음악 감상 시간을 종료시키고 말았다. 언젠가는 함박눈이 내리는 창밖을 보며 "아! 멋있다 저 눈 맞으며 걷고 싶어."하면 이 양반 "오늘 찻길 많이 막히겠구먼. 당신 길 조심해, 미끄러지면 수습 곤란이야." 비 오는 날엔 내가 "난 비 오는 날이 좋더라, 비 오는 날 둘이서 우산을 쓰고 걸어도 좋고, 그냥 비를 맞으며 걸어도 좋고." 하니까 "무슨 소리야! 요즘은 산성비라 그 비 맞으면 머리 다 빠져."라고 한다. 우리 집 양반, 내 남편은 이렇게 감성과는 담쌓은 멋없는 사람이다. 좌우지간에 낭만엔 죽을 쑨다.

남편은 먹는 걸 좋아해서 지금도 음식 만드는 것은 재미있어하지만 우리가 젊었을 시절엔 요란했었다. 휴일이면 자기가 일품요리를 만들어 맛의 천국을 느끼게 해준다고 하면서 냉면이나 스테이크를 만드노라면 부엌에서부터 재료를 이 방 저 방까지 늘어놓아 어수선하고 집안이 정신이 없었다. 자연히 치울 게 많아지니 식모 아줌마는 질색을 했다. 그러나 냉면 만드는 솜씨 하나만은 좋아 어느 음식점 못지않게 맛있게 잘한다. 우리 애들이 냉면이 먹고 싶으면 아빠한테 냉면 해달라고 졸라댔을 정도다. 어렸을 때 아들이 친구들에게 아빠 냉면 솜씨를 자랑해서 '너희 집 냉면집 하니?'하는 소리도 들었었단다. 우리 집 양반과 내가 유일하게 의견일치를 보는 것은 딱 3가지, '식도락'과 '영화감상' 그리고 '여행을 즐기는 것'이다.

첫 번째, 식도락이다. 구전이나 방송을 통해서 '소문난 맛있는 집'이라거나

'별미로 이름난 집'이 있다 하면 그 전해준 사람에게 자세히 묻든가 또 방송국에 전화해서라도 그 지역과 위치가 어디인지 확인한 다음 갈만한 곳이면 어디든 찾아가서 먹어보고 오는 것을 재미있어한다. 꼭 먹기 위해서라기보다 먹으러 가는 길에 안 가본 곳 구경도 하고 바람도 쐴 겸해서 즐겁게 다녀온다는 것이다.

두 번째, 영화감상이다. 영화는 가급적이면 극장에 가서 본다. 비록 전문가는 아니지만, 집에서는 아무리 화면이 큰 TV라도 음향과 그 느낌이 벌써 다르다. 그래서 극장엘 자주 가는데, 영화가 끝나고 나올 때면 거의 모두가 젊은 사람들뿐이고 나이 든 사람은 우리뿐인 것 같아 가끔 쑥스러울 때도 있다. 그래서 남편에게 한마디, "여보! 극장에 올 때는 당신 대머리 가려주는 뚜껑(모자)은 꼭 쓰고 오도록 합시다. 예?" "그러지 뭐, 내 머리가 너무 빛이 나나?"

세 번째, 여행하기다. 여행은 국내여행이건 외국여행이건 간에 자주 즐긴다. 한 가지 남편이 웃기는 것이 있는데 예를 든다면 유럽에 있는 '다뉴브 강'과 워싱턴의 '포토맥 강'을 가끔 뒤바꾸어 놓는다든지, 뉴질랜드의 '밀포드 사운드'를 어느새 스위스로 이사시켜 놓을 때가 있다는 것이다. 그렇게 비슷비슷한 것은 많이 헷갈려 하면서도 어떤 때는 또 자기가 옳다고 똥고집을 부린다. 그래서 실랑이를 하며 얼마나 웃는지. 우리가 이러면서 산다. 어찌합니까, 같이 늙어가는 것을.

이제는 자기가 마신 커피 잔이나 물 먹은 컵 설거지통 속에 넣어 달라 소리도 안 한다. 이미 포기했다. 분위기도 모르고 고집불통 우리 남편, 간 큰 남자다. 이렇게 분위기를 모르는 남자지만 그저 지금처럼 늘 건강했으면 좋겠다. 어쨌든 이렇게 건강하게 볼 수 있고, 느낄 수 있고, 먹을 수 있으며 사지 멀쩡하여 어디든 갈 수 있고, 걸어 다닐 수 있다는 것이 얼마나 고마운 일인가. 이런 건강을 주신 저 높은 곳에 계신 분께 한없이 감사할 뿐이다. 언제가 될지는 모르지만 앞으로 사는 날까지 서로를 생각하며 더욱더 성실하고 겸손하게 그리고 아름답게 살아가야겠다는 생각을 해본다.

그냥 강江이 좋았다. 어딘가에서부터 흘러와 쉼 없이 흐르는 강물. 바람이 있어 좋고 넓은 강폭에 여러 개의 다리가 있는 것도 좋다. 여름날 베란다에서 창밖을 바라보면 물결이 은빛으로 반짝이며 흘러가는 강물이 보이고, 더워 땀을 뻘뻘 흘릴 때 창문을 열면 에어컨보다 더 기분 좋게 해주는 시원한 강바람도 좋았다.

압구정동 한강변에 살 때다. 더운 여름날 저녁이면 우리 동네 사람들은 소화도 시키고 더위도 식힐 겸 운동 삼아 한강 둔치를 많이 찾았다. 지금은 오염이 될까 봐 금지가 되었지만, 그때는 더운 날엔 저녁을 일찍 먹고 돗자리와 아이스박스에 과일이랑 고기랑 간단히 구워 먹을 것들을 준비해서 한강 둔치로 종종 나갔다. 잔디 위에 돗자리를 깔고 온 식구가 둘러앉아 과일도 깎고 고기도 구워 먹어가며 시원하게 불어오는 강바람을 맞는 기분, 천국이 따로 없었다.

차가우면서도 보드라운 잔디의 촉감도 좋고, 잘 만들어 놓은 산책길을 걷기도 하고 자전거를 타고 달리기라도 하다 보면 어느새 더위는 사라지고 집으로 들어갈 생각도 없어진다. 지금은 옛날처럼 고기를 구워 먹진 못해도 맑게 흐르는 강물이 있고 산책은 물론, 더 잘 가꾸어 넓고 푸른 잔디와 문화를 접할 수 있는 아름다운 곳도 많이 생겼고 수영장 등 최신 운동기구들이 많아 강변엔 늘 사람들 북적거린다.

월드컵 경기가 열리고 있을 때다. 일산에서 시 창작 동아리 연수회가 늦게 끝나 밤늦게 몇 사람이 승용차를 같이 타고 강변북로를 달리는데, 어쩌면 그렇게도 한강 다리들이 아름다운지 마치 꿈속에 온 듯 착각할 뻔했다. 김포대교를 시작해서 새로 개통한 인천 공항으로 가는 공항대교의 아치 모양의 곡선마다 반짝이는 불빛은 외국의 어느 멋진 다리보다도 황홀했다. 비슷하게 개통한 가양대교의 무지개 빛깔의 휘황한 불빛! 성산대교 반원형 교각의 주홍색의 찬란한 불빛과 양화대교, 서강대교, 마포대교, 한강대교 동작대교 등등. 디자인이 모두 다른 그 많은 다리들의 오색찬란한 불빛이 흐르는 강물에 비추어져서 더욱더 황홀하고 아름다웠다. 우리는 그 풍경에 무아지경으로 빠져들었다.

"아! 멋있다. 이거 우리나라 맞아?" "와! 한강이 이렇게 아름다운 줄 예전에 미처 몰랐어요!" 감탄사들이 절로 나왔다. 낮에는 볼 수 없던 광경이라 다들 더 놀란 것 같다. 세계의 유명한 다리들이 많이 있겠지만 내가 가본 영국 런던의 테임즈 강이나 프랑스 파리의 센 강은 오랜 역사와 문화와 시詩로 읊어져 유명해지기도 하고 다리들의 특이하게 섬세한 조각의 아름다움으로 세계인들의 관심을 끌고 있지만, 강폭이 우리 한강처럼 이렇게 넓고 맑게 흐르는 강은 보지 못했다.

서울의 많은 사람이 찾는 한강. 슬퍼서 기뻐서 답답해서 우울해서도 찾는 한강. 때로는 사랑하는 연인들의 아름다운 데이트 장소로도 제공되는 한강. 그 많은 사람의 희喜, 노怒, 애愛, 낙樂을 모두 묵묵히 다 받아주는 한강의 의젓함. 무수한 언어를 다 삼키며 유유히 흐르는 한강이 없었다면 어땠을까? 얼마나 서울이 삭막했을까. 이 강江 있어 숨을 쉬고 낭만이 있고, 팍팍한 이 도시에 한강은 여유와 신선함으로 정말 고맙기 그지없다.

한때는 물고기가 살지 못할 정도로 오염이 되어 한강을 살리자는 캠페인을 했었다. 강바닥을 청소하기 위해 수중 다이버들이 강물 속에서 많은 오물을 건져냈다. 그때 마대자루에 담긴 오물 자루가 셀 수도 없을 정도로 많았던 것을 TV 뉴스에서 얼핏 본 기억이 난다. 몇 톤이라더라? 그때는 마치 한강이 고물 창고 같았다. 오물 중에 깡통은 기본이고 펑크 난 타이어에 깨진 병 조각들 심지어 고장 난 자전거까지…. 눈에 보이지 않는다고 강물 속으로 마구 갖다 버린 것이다. 아무튼 별별 것이 다 있었다고 하니, 그 많은 오물을 안고 얼마나 몸살을 앓았을까? 이렇게 오염이 심각하다 보니 자연을 보호해야겠다는 생각들을 하면서 사람들의 인식도 달라졌다. 시민들의 생활에 자연 친화력이 생긴 덕택인지 강물도 다시 살아나기 시작했고, 요즘엔 한강 물도 파랗고 강물 속엔 각종 물고기도 많다고 한다.

자연보호 하니까 내가 가본 나라 중 가장 인상적이었던 독일이 생각난다.

이 나라 국민은 어릴 때부터 '자연보호는 나의 삶이고 의무다.'라고 교육을 받아 국민 모두의 의식이 어떤 일을 하건 모든 일을 시작할 때 제일 첫째를 자연보호에 두고 일을 시작한단다. 그래서인지 눈에 보이는 모든 것들이 깨끗하게 정리돼서 마치 금방 청소를 끝낸 듯 그런 깨끗함과 상쾌한 느낌이었다. 우선 세밀하게 구분된 분리수거통부터 달랐고 산도 푸르게 나무도 종류별로 디자인해 놓은 듯 줄 맞추어 잘 가꾸어져 있었으며, 밭과 들도 화가들이 채색해놓은 것처럼 예쁘게 정리되어 있었다. 집들도 집집마다 나무로 조각한 창문에 약속이나 한 듯 오색 꽃의 화분들로 채워 아름다웠다. 푸른 나무들과 붉은 지붕이 어우러진 마을 모습은 그대로 한 폭의 그림이었다. 이렇게 청정한 독일을 이루는 이 나라 국민의 의식 수준이 부럽고 배울 점이라 생각했다.

독일의 상징인 라인 강은 1,320km로 스위스 알프스산맥에서 시작하여 여러 나라를 경유 아래로 흐른다. 교통량이 많은 굴지의 수로로 2,000톤까지의 화물선이 스위스 바렐 항까지 거슬러 올라간다는 세계적으로 꼽는 강이다. 특히 빙겐과 코블렌스 사이는 그 풍경이 더 아름다운 곳으로 잇달아 나타나는 옛 성城과 포도원을 비롯하여 하이네의 시詩로 유명한 로렐라이의 바위 등 세계적으로 알려진 관광코스다. 강을 따라 강변 양쪽으로 펼쳐지는 고성의 독특한 건축미와 금방 어디선가 요정이 나올 것만 같은 고성 주변의 잘 정돈된 숲과 나무들을 보면 마치 내가 지금 꿈을 꾸고 있는 건 아닌가 하는 착각을 하게 한다. 그저 아름답다는 말밖엔….

우리 한강의 발원지는 강원도 태백시의 검룡소에서 발원하여 충청북도, 경기도, 서울특별시의 동서로 흘러 서해까지 들어간다. 본류의 길이 514km로 한반도를 흐르는 강江 중에서는 가장 넓은 유역면적을 가지고 있고 고어로는 '아리물', '아리수', '아리가람'이라 한다. 옛날엔 마포를 비롯해 풍성한 교역을 이루는 등등 많은 역사가 있다. 지금도 교통적인 기능을 통한 인간 활동이 전개되고 시대 상황에 따라 변화하고 새로 창출되기도 한다. 다만 내 작은 소견으로 아쉽고 바라는 것은 독일의 라인 강처럼은 아니더라도 우리 한강 주변에도 아파트만 보이게 할 것이 아니라 외국인들이 왔을 때 유람선을 타고 싶도록 강변 경관을 볼거리로 만들어서 좀 더 느끼고 좀 더 감탄할만한 아름다운 무엇인가가 있었으면 좋겠다. 이렇게 넓고 좋은 강을 이용하여 관광 코스로서도 한몫을 할 수 있었으면 얼마나 좋을까 하는 아쉬운 마음이다.

우리의 젖줄 한강! 서울 시민들이 쓰고 마시는 물을 주고 휴식을 주는 한강. 이 커다랗고 복잡한 도시 서울의 한가운데에 이토록 넓고 시원한 강물이 흐르고 있다는 것 얼마나 고맙고 즐겁고 행복한가. 감사한 일이다. 우리 모두가 이 강이 언제나 맑고 푸르게 흐르도록, 그리고 항상 고기떼가 몰려다니는 싱싱한 강이 되도록 더욱 아끼고 사랑해야겠다. 오늘도 여전히 강물은 흐른다. 아무튼 강이 좋다. 고여 있지 않고 늘 흐르는 물이 좋고 가슴을 활짝 열어주어서 좋다. 그래서 한강이 참 좋다. 아! 오늘따라 서늘한 강바람이 더 시원하다.

“엄마 나 사표 냈어요.”

“뭐? 왜?”

“찬호가 올해 초등학교 입학하잖아요.”

“그런데?”

“찬호가 학교 끝나고 집에 들어오며 ‘엄마!’하고 부를 때, ‘응, 엄마 여기 있어!’하며 대답해주고 마중해주고 싶어서.”

딸에게서 삼십 년 만에 처음 듣는 소리다. 가슴이 찡하며 눈물이 나왔다. “어릴 때 다른 애들은 집에 가면 엄마가 반겨주고 맛있는 것도 해주는데, 나는 학교 끝나고 집에 가도 늘 식모 아줌마만 있어서 싫었어.” “아줌마도 너희가 말만 하면 뭐든 다 해주었잖아.” “그래도 엄마가 없으니까 싫었어요. 그래서 난 찬호에게는 학교에서 돌아올 때 엄마의 부재를 느끼지 않도록 해주고 싶어.” “그래도 너 그 회사 좋은 회산데 월급도 많고…. 지금 그만두는 거 아깝지 않니? 냉정하게 생각해봐라, 초등학교는 잠깐이에요. 중학교부터는 엄마랑 같이 있을 시간이 사실 별로 없어. 찬호가 더 바쁠 걸. 너 나중에 나이 들어 다시 직장 잡기는 힘들다." "나 또 직장 안 잡아요. 찬호 아빠 벌어오는 거로 살면 되지 뭐." "그래도 그 좋은 직장, 정말 너무 아깝다. 젊어서 같이 벌어 놔야 하는데…. 뭐 네 생각이 정이 그렇다면야 어쩔 수 없는 일이지."

가슴이 아팠다. 어릴 때 얼마나 마음이 허虛했으면 자라면서 한 번도 나에게 비춰보지도 않던 저런 말을 할까. 얼마나 가슴에 맺혔으면…. 삼십 년이 지난 지금 제 자식에겐 그 외로운 마음을 물려주기 싫었던 거다. 머리가 멍하고 가슴이 찡하며 또 눈물이 나왔다. "그럼 그때는 왜 말하지 않았어?" "어린 생각이었지만 그때 내가 말해도 엄마는 학교 선생님을 그만두지는 않을 것이라는 생각에 말 안 했지."

둘째 딸은 숙명여대에서 성적도 탑이었다. 졸업과 동시에 제법 알찬 회사에서 능력을 인정받아 여성임에도 과장까지 진급했고 월수입도 꽤 좋았다. 상사로부터 능력을 인정받는 인재로 회사에서 촉망받고 있었으며 리더십과 사회성이 좋아 후배들에게도 신뢰를 받는 터여서 어미 마음에도 내 딸이 늘 자랑스럽고 뿌듯했었는데, 충격이었다. 이토록 어린 자식 마음을 슬프게 했으니 내가 죄인이었다. 우리 아이들 모두에게 물어봤다. 말을 안 해서 그렇지 큰딸도, 아들도 모두 부모님의 맞벌이로 비워진 공간에서의 엄마 사랑이 그리웠단다.

우리 세 아이 마음속엔 모두 '우리 엄마는 원래 선생님을 해야 하는가 보다.'로 은연중 인정되었고 어린 맘에도 '엄마 학교 가지 마.'라는 말을 하면 엄마가 마음 아파할 것 같기도 했단다. 지금 삼성회사에 다니는 막내아들은 초등학교 2학년 때, 그 시절은 학교마다 학생 수가 많아서 거의 2부제 수업이 많았고 더 큰 학교에선 3부제 수업까지 하는 학교도 제법 있었다. 오후에 학교 가는 것인데, 맞벌이 가정은 도우미가 있어도 엄마 없이 혼자 밥 먹고 등교해야 하니 얼마나 싫었을까. 우리 아들도 오후반 등교할 때가 가장 싫었단다. 그래서 성년이 되었을 때 교직에 있는 사람과는 결혼하지 않겠다고 마음먹었었다나. 그래서인지 내가 교사와 선을 보여도 싫다고 안 하더니, 선생님이란 직업이 인연인지 연애한 아가씨가 초등학교 교사였고 우리 집 며느리가 되었다.

맞벌이하는 여자들의 직장생활은 고충이 많다. 1인 4역이다. 주부로, 아내로, 엄마로, 직장인으로. 게다가 임신, 출산에 얽힌 문제로 인한 직장에서의 어려움, 아이들 어릴 때는 가정부가 있어도 주부로서 살림하랴 출근하랴 정신이 없다. 오로지 우리 가족의 알찬 미래를 위해 자식들에게 최선을 다하며 참으로 숨 가쁘게 열심히 살아왔다. 물론 전업주부만큼 아이들 곁에서 빈 공간 없이 일일이 다 해주진 못했지만 내가 의도하는 대로 착하게 잘들 따라주고 커 주어서 고마웠다. 이제 우리 세 아이 모두 성취시켰고 각기 가정을 꾸려 제 앞가림들 잘하며 행복하게 잘살고 있어 내 나름대로 자식농사는 잘 지었다고 자부하며 걱정이 없었는데, 이렇게 금쪽같은 내 자식들의 어린 마음에 깊은 옹이가 박혀 있을 줄은 몰랐다.

그래, 어쩌면 네 생각, 너의 결정이 맞는 것 같다. '사표'를 낸다는 게 쉬운 일이 아닐진대, 아무려면 나보다 네가 얼마나 더 많이 생각했겠니. 자식 위해 과감히 사표를 낸 가상한 너의 용기에 진정 박수를 보낸다. 이 어미보다 네가 더 낫구나. 자식 사랑에 헌신적인 너, 오로지 하나뿐인 네 자식이니 얼마나 더 애틋할까. 찬호는 학교에서 돌아올 때 집에서 기다려주는 엄마가 있고 따스한 점심 차려주는 엄마의 사랑에 행복할 거야. 그 행복을 먹으며 훌륭하게 잘 자랄 거야. 탁월한 너의 선택, 네가 잘한 거야. 용기 있는 너의 결정 훌륭하다, 내 딸. 찬호가 엄마 사랑 담뿍 받으며 허전함을 느끼지 않고 사랑스럽게 커가도록 곁에서 지켜가며 정성을 다해 잘 키우렴. 이 어미가 늘 응원하고 기도하마. 어미가 미안하다.

착한 우리 아들, 딸들아. 평생을 바쁘게 교직에서 일하느라 너희 어린 마음 살뜰히 보살펴주지 못한 엄마여서 미안하다. 엄마도 평생 너희에 대해 안타까운 가슴 아팠단다. 하지만 늘 집에 있는 엄마가 그리웠을 어렸을 적 너희에게 정말 미안하구나. 그리고 고맙다. 그런 환경 속에서도 하나같이 곧고 바르게 엄마 말 잘 들어주었고, 너희 삼 남매 모두 말썽부려 엄마 속 썩인 적 없이 착하게 잘 커 주어서. 시집 장가간 후에도 이 어미랑 아빠에게 효성스러운 너희들 정말 고맙다. 금쪽같은 내 새끼들!

이건 아니다

엊그제 백화점에서 에스컬레이터를 타고 내려가는데 내 바로 뒤에 아가씨 둘이 하는 대화가 들린다. “난 다리가 너무 두꺼워서 속상해.” “얜, 괜찮아. 너무 얇아도 새 다리 같아.” 서로의 종아리를 보며 하는 이야기다. 순간 “아가씨! 두꺼운 게 아니라 ‘종아리가 굵다’나 ‘가늘다’라고 해야지. 사전이나 종잇장 같은 걸 말할 때나 ‘두껍다’, ‘얇다’라고 하는 거예요. 내가 주책없이 참견했나 봐요?” “아니에요.”하고 알아들었다는 표정으로 밝게 웃는다. 요즘 젊은 사람들은 다른 사람이 좋은 말을 해줘도 무조건 싫어하고 받아들이지 않는다는데, 이 아가씨들은 착하게도 내 말을 웃으며 받아주니 고마웠다.

말을 바르게 해야 하는 데 언제부터인가 아이들 말이 이상해졌다. 바른말이 아니라 줄임말이나 외래어 등, 우리나라 말의 국적이 없어진 듯 이상한 말들이 난무한다. 초등학교나 유치원에서부터 ‘길다’, ‘짧다’, ‘높다’, ‘낮다’, ‘굵다’, ‘가늘다’는 기본으로 가르치고 배웠는데 왜 엉뚱하게 바르지 않은 말을 사용하는지 모르겠다. 심지어 언젠가는 모 방송국에서 대담을 하는 중인데

'허리가 얇다.'라고 말하는 걸 들었다. 어이가 없었다. TV 방송에서 이런 오류를 범하면 안 되는 것이 아닌가. 방송국에 전화를 걸고 싶었다. 아무리 시대가 바뀌고 바쁜 세상이라 할지라도 우리나라 사람이 우리나라 말을 제대로 할 줄 몰라서야 되겠는가. 더욱이 TV는 많은 사람이 시청하는 매체인데. 외국어만 잘하면 능력 있고 멋있는 사람이라고 인식하는 건 편견이고 절뚝발이가 아닌가 싶다.

요즘 TV 홈쇼핑에서는 언젠가부터 색깔을 말할 때 모든 사람이 쉽게 알아들을 수 있는 우리나라 말인 '파랑', '노랑', '빨강', '보라' 등의 색깔 명칭을 쓰지 않기 시작했다. 쉬운 우리말을 두고 왜 굳이 '옐로', '네이비', '레드', '블랙' 등의 영어를 쓰는지 모르겠다. 그래야 더 품위 있고 멋있게 보이는 걸까. 이태원 같은 곳은 특별한 지역이니까 그렇다 해도, 음식점 간판을 보면 도처에 영어로 쓰여 있거나 영어로 발음만 해서 우리말로 써놓은 간판이다. 시쳇말로 웃긴다고 해야 하나. 도대체 여기가 대한민국인지 어느 나라에 와 있는지 알 수가 없다.

이에 반해 아름다운 우리말로 미소 짓게 하는 곳이 있다. 일산이나 분당에는 아파트 단지 이름을 우리말로 지었다. '샛별 마을', '달빛 마을', '별빛 마을', '무지개 마을', '초록 마을', '숲속의 궁전', '느티 마을', '양지 마을' 등. 마을 이름들이 얼마나 정이 가고 아름다운가. 세종대왕께서 창조하신 우리말은 다른 나라에서 찾을 수 없는 아름다운 표현이 얼마나 많은지 그 절묘함은 가히 다른 나라에서는 찾을 수 없다. 예를 들어 영어엔 'Yellow'로 노란색 하나밖에 없지만 우리말엔 색깔 하나의 표현에도 그 다양함이 기막히다. 노란색은 '노랗다', '노르스름하다', '누렇다', '누르스름하다', '샛노랗다', '누리끼리하다' 등이며, 파란색은 '파랗다', '퍼렇다', '푸르다', '시퍼렇다', '포르스럼하다', '푸르스름하다', '퍼러스름하다', '짙푸르다', '푸르끼리하다', '푸르딩딩하다' 등으로 표현한다. 이외에 다 열거하자면 한없이 많지만 생략한다.

아쉬운 점을 말하자면 요즘엔 호칭도 바르게 하지 않아 참 어이없고 우습다. 남편도 오빠이고 친오빠도 오빠, 아는 오빠도 오빠다. 그런데 남편이 오빠면 자기 자녀와의 촌수는 어떻게 되는지. 그야말로 족보도 없는 웃기는 일이 아닌가. 내 친구 하나는 며느리 손자까지 다 본 사람인데 아직도 자기 남편을 아빠라고 부른다. "얘, 넌 네 남편이 아빠면 네 딸도 아빠라고 하고 그럼 네 딸과 너는 자매가 되겠네?"라고 해서 친구들 모두 깔깔 웃은 적이 있는데 이건 아니다. 호칭은 올바르게 해야 한다. '여보'라는 말이 얼마나 좋은 말인데, 어색해도 고칠 건 고쳐야 한다. 자식들이 성장해 시집, 장가가서 손주들이 줄줄이 있는데 그 앞에서 할머니가 할아버지에게 아직도 아빠라고 부르는 건 아이들 보기에도 안 좋고 교육적으로도 맞지 않는다. 손주들이 볼 때 '할머니는 왜 할아버지를 아빠라고 부르지?'하고 의아해할 것이다. 어색하더라도 결혼하면 바로 '여보', '당신'으로 연습을 해서라도 바른 호칭을 써야 마땅하다. 참고로 '여보'는 같을 여如자, 보배 보寶자로 '보배와 같이 소중한 사람'이란 뜻이며 '당신'은 '당연히 자신의 몸처럼 사랑해야 할 사람'이라고 한다. 이 얼마나 좋은 의미를 담고 있는지 경탄하지 않을 수 없다.

내 나라가 있고 내 나라의 말이 있다는 건 얼마나 감사한 일인가. 일제강점기의 나라 잃고 말을 잃었던 서러움을 잊었는가. 우리나라 사람이라면 우리말을 소중히 알고 바르게 써야 한다. 헌데 내 나라의 말도 제대로 모르면서 외국어에만 집중하는 경향이 있다. 외래어를 섞어 쓰면 더 유식하고 멋있어 보인다고 생각할지 모르겠지만 그것은 잘못된 생각이다. 우리나라 사람이라면 먼저 우리말을 제대로 알고 바르게 써야 한다. 애국이라고 해서 꼭 거창하고 큰 것만이 애국이 아니다. 작은 것 같지만 자기 나라의 말을 제대로 알고 잘할 수 있다는 것, 바로 이런 것부터가 애국이 아닐까. 우리말을 바르게 알고, 쓰고, 소중히 아끼고 사랑해야 할 일이다.

홀인원

평생에 한 번만 해도 영광이라는 홀인원! 사실은 오늘 파크 골프장에서의 홀인원이다. 파크 골프지만 그래도 기적 같은 일이 오늘 나에게 일어난 것이다. 나이스 샷! 7번 홀이다. 어떻게 들어갔는지, "홀-인-워-언-! 와아!" 옆에서 본 사람들까지 힘찬 박수와 환호성이다. 오늘은 정말 영원히 자랑스럽게 기억될 환희와 기쁨의 날이다. 푸른 잔디가 녹색 융단이 깔린 듯 아름답고, 그 위에 서 있는 홀 깃발들도 오늘따라 더 힘차게 펄럭인다. 온통 초록빛 나무들과 하늘까지 나를 환호해주는 듯 구름 한 점 없이 더욱 청명하다. 사람이 살면서 사소한 기쁨은 많지만 기적 같은 기쁨은 몇 번이었을까. 그러고 보니 내 생애에 기적 같은 기쁨을 준 날은 언제였을까.

첫 번째 기적은 아무래도 우리 아들을 낳았을 때의 꿈같은 환희가 아닐까? 딸만 둘을 낳고 세 번째, 일구월심 아들을 낳고 싶다는 간절한 염원이 이루어졌으니 나에겐 기적이었다. 그리고 두 번째는 꼭 기적이라 할 수는 없지만 흔하지 않은 대통령상을 받았을 때였다. 그 많은 선생님 중에서 내가 우수 모범

교육공로자로 뽑혀 청와대 초대를 받았을 때 정말 큰 기쁨이었다. 서울에서도 내로라하는 선생님들이 많은 강남. 이 강남구에서 내가 선택되었다는 것이 자랑스러웠다. 여러 대의 경찰 사이드카들이 우리가 탄 차를 양쪽에서 호위하며 청와대에 도착할 때까지 논스톱으로 달리던 것은 참 좋으면서도 기분이 묘했다. 이래서 높은 자리를 좋아하는 것인가 싶었다. 영빈관 만찬이 끝나고 담소 후에 대통령과 악수하며 하사품도 받고 대통령 내외분과 같이 기념사진도 찍었던 선택받은 날이었다.

난 기적을 바라지 않는다. 사실은 기적을 바라지 않는 것이 아니라 기적이 아무에게나 오는 것이 아니니까 아예 마음을 두지 않는 것이다. 평생 살면서 그 흔한 복권을 한 번도 사본 일 없고, 또 수많은 사람이 그렇게 허탕을 치면서도 이번에는 또 혹시나 하고 기적을 바라며 산다는 그 '로또'라는 것도 한 장 사본 일이 없는 나다. 허황된 사행심 같은 것을 난 아예 갖지 않는다. 그래서 사소한 10원짜리 내기 같은 것도 하지 않는다. 요행을 바라지 않고 요령도 부릴 줄 모르고 그냥 평생 적금 들어 저축해가며, 열심히 내 가족 내 자식들 하는 일 잘되고 건강하고 화목하게 건사하며 그냥 성실히 살았을 뿐이다. 만약에 나에게 행운이 온다면 더 바랄게 없이 고맙고 감사한 일이지만, 그 행운에 대한 보답으로 그만큼 더 겸손하게 열심히 살아야 할 것이라 생각한다.

지금도 나는 날마다 행복하다. 건강한 몸으로 이렇게 친구들과 만나 골프도 할 수 있고, 같이 차를 마시며 여유를 즐길 수 있으니 얼마나 감사한 일인가. 더욱이 오늘 같은 행운, 이렇게 우연한 행운은 또 얼마나 감사한가. '행운의 네 잎 클로버를 찾으러 행복의 세 잎 클로버를 밟으며 다니는 어리석은 짓은 말아야 한다.'는 생각에 공감한다. 아무튼 오늘은 세 번째의 기적인가, 참 기분 좋은 날이다. 한턱 멋지게 밥도 사고 2차, 3차까지 돈을 써도 기분이 좋았다. 내 실력이 좋아 잘한 것이 아니라 '뒷걸음질 치던 소발에 쥐잡기'로 공이 들어가 홀인원이 됐을 것이다. 어찌 됐든 내 맘은 날아갈 듯 기쁜 걸 어쩌랴. 사람들의 박수와 환호성에 나는 뛸 듯이 만세, 또 만세다.

행복한
골목
04

노후 연금
늙은 소녀
행복한 골목
내 집이 최고의 피서지
나이 먹는 일
여행은 행복한 중독
북유럽 인간 지팡이
보라카이의 행복

노후 연금

내 삶에 생수 같은 연금! 노후에 죽을 때까지 평생 걱정 없이 매월 연금을 탈 수 있다는 것은 참으로 감사하고 행복한 일이다. 물론 학교에 재직한 동안 기여금으로 33년 동안 매달 꼬박꼬박 내 월급에서 공제되어 나간 돈을 다시 찾아 쓰는 거지만. 죽는 날까지 매월 25일이면 어김없이 내 통장으로 입금되는 연금. 이 연금이 나를 얼마나 당당하게 하는지, 또 얼마나 뿌듯한 마음을 갖게 하는지. 자랑스럽다. 그리고 이런 나를 만들어 주신 부모님께 감사한다. 아들 선호사상이 강했던 그 시절, 여자들은 기껏해야 중학교나 간신히 가르치고 마는 그런 시대에 우리 자매들에게 모두 고등교육 이상 공부를 시켜줘 언니도 나도 현재 모두 연금을 받고 있으며 마음도 여유로운 생활을 하고 있다. 1남 4녀의 우리 5남매는 개화開化된 멋진 아버지와 지혜로웠던 엄마를 만나 딸이라고 차별 대우를 받지도 않았고, 여자라고 기죽는 일 없이 늘 웃음꽃이 피는 화목한 집안이었다. 지금은 모두 돌아가시고 안 계시지만 연금을 탈 때마다 늘 아버지, 어머니에게 한없이 고맙고 감사하는 마음이다.

퇴직 시에는 노후를 위해 꼭 전액 연금으로 하라고 권하고 싶다. 내가 퇴직할 때 동료 하나가 고민을 많이 했었다. 일시불로 타면 부동산으로 무엇 하나 사놓고 나머진 은행에 넣어두고 이자를 타겠다고 하기에 내가 그냥 전액 연금으로 하라고 적극 권했었는데, 끝내 일시불로 받았다. 그러고 한 2, 3년쯤 뒤엔가 모임에 자꾸 안 나오고 빠져서 왜 그러나 했더니 큰아들 사업이 잘 안 되어 돈 때문에 허덕이는데 어미가 돼서 어떻게 보고 있느냐며 1억을 주었단다. 물론 아들은 평생 어머니가 번 돈인데 어떻게 받을 수 있느냐고 마다했다지만 눈앞에 자식이 허덕이고 있는데 어떻게 보고만 있을 수 있었겠나, 결국 큰아들에게 주었단다. 큰아들에게 주었으니 둘째 아들도 집을 사는데 부족한 돈을 또 1억 주었고. 자식은 공평해야 하니 딸도 9천을 주었다나? 그래서 손에 쥔 돈이 거의 없어 모임에 나오기가 어렵다는 주변 사람의 이야기다. 예로부터 '돈은 발이 달려 나간다.'라고 했다. 자식이 뺏어 간 건 아니다. 하지만 부모가 되어서 자식이 어려워 힘들어하는데 돈을 갖고 있으면서 보고만 있을 수 없고, 결국은 줄 수밖에…. 뒤에 들은 이야기지만 연금으로 하지 않고 일시불로 했던 것을 뼈저리게 후회했다고 한다.

연금이 있어 자식들에게 짐이 되지 않는다는 것이 고맙다. 요즘 젊은 사람들은 맞벌이 부부라도 아이들 교육비가 만만치 않아 자기들 살아가기도 힘이 든다. 그런데 부모까지 모시고 열심히 사는 젊은 사람들을 보면 장하고 존경스럽고 힘껏 박수를 쳐주고 싶다. 역시 우리나라는 효孝의 나라라는 것이 느껴진다. 평생을 자식들 뒷바라지하며 키우고 공부시키느라 허덕이다 보니 막상 당신 자신들을 위해선 따로 벌어놓은 것이 없어 어쩔 수 없이 자식에게 의존할 수밖에 없다. 그러니 그 자식들이 얼마나 힘에 부칠까. 이런 데 비하면 우린 참 행복하다. 내 자식들에게 짐이 되지 않는다는 것, 늘 샘물처럼 솟아나는 연금이 있어 내가 이 나이에도 생활능력이 있다는 것이 마냥 자랑스럽다. 우리 아이들이 말한다. 엄마가 연금이 있어 걱정 안 해도 되고 우리들이 특별히 신경 안 써도 될 만큼 마음을 편하게 해줘서 고맙다고 한다.

연금은 나를 당당하게 한다. 사위들이나 며느리에게 손 벌릴 염려 없으니 늘 당당하고 떳떳하다. 또 손자 손녀들 생일에나 특별한 날 멋진 선물도 할 수 있고 가끔 용돈도 줄 수 있어 나를 여유 있는 멋진 할머니 만들어준다. 흔히들 늙을수록 돈이 있어야 한다고들 한다. 손에 돈이 있어야 힘이 나고 가슴을 펴게 한다고. 또한 연금은 늙을수록 나를 멋있고 우아하게 살게 해준다. 크게는 아니라도 작은 사랑을 베풀게도 하는 여유로운 마음과 보람, 즐거움도 준다. 평소 내가 좋아하는 여행도 많이 하여 교양과 견문도 더 넓히고, 시대의 흐름에 따라 '뮤지컬'도 보러 다니고 작은 마음이지만 불우한 이웃에게 매달 성금도 보낼 수 있다는 것 등. 그러자면 자연히 품위유지비가 든다. 이런 나에게 다행히 연금이 있으니 얼마나 고마운가! 이 연금이야말로 내 삶에 생수 같은 존재다. 아니 마르지 않는 샘물 그 자체라고 해야 할까. 내게 활력과 에너지의 힘이 되는 연금, 아무튼 새삼 다시 감사한다. 이미 고인이 되셨지만 아버지 어머니의 은혜에 감사드린다.

늙은 소녀

나이에 어울리지 않게 감상적이고 눈물이 많은 내게 둘째 딸이 내게 '늙은 소녀'라는 귀여운 이름을 붙여 주었다. 창밖에 비가 부슬부슬 내리는 날이면 우산을 받쳐 들고 마음에 드는 사람과 비 오는 거리를 마냥 걸어도 보고 싶다. 비 내리는 창가에 앉아서 뜨거운 커피 찻잔을 두 손으로 감싸 쥔 채 비 내리는 풍경을 바라보며, 그 향기를 음미해가며 마시는 커피도 좋아한다. 또 비 내리는 날 자동차를 타고 가로수가 있는 외곽도로를 무작정 달려도 보고 싶어 하고, 후두두둑 떨어지는 빗방울에 온몸을 떨면서도 그대로 비를 맞고 서있어야 하는 화단의 나뭇잎들을 바라보며 눈물을 글썽이기도 한다. 또 비 오는 날 베일에 가린 듯한 먼 산을 바라보며 '라노비아' 같은 울듯이 가슴 젖게 하는 음악을 듣는 것도 좋아하는 나에게 맞는 이름인 것 같다.

나는 일 년 중에 봄을 제일 좋아한다. 봄은 생동감이 있어 좋다. 보리 싹이 파란 들판에 바람이 일렁이면 파도처럼 물결치는 보리밭이 좋고, 멀리 푸른 산 밑에 복사꽃이 만발하고 파란 하늘이 눈부시면 괜히 소녀처럼 가슴까지

울렁거린다. 해마다 여의도에서 벚꽃 축제가 열리는 윤중로, 그 벚꽃 속에 나도 묻혀있다. 벚꽃이 만발한 꽃길을 걷는 것은 나이와 관계없이 가슴 설렌다. 그래서 나는 봄이 더 좋다. 한번은 지방엘 가느라 국도를 지나는데 아지랑이가 피어오르고 김이 모락모락 나는 듯 촉촉한 논둑길이 너무 좋아보여서 "여보, 차 좀 세워보세요. 저 논둑길을 조금만 걸어보고 가요. 길이 너무 좋을 것 같아. 응?"라고 했더니 어이없는 얼굴로 남편은 내게 한마디 던진다. "또, 또. 어린애 같이 군다. 에이 주책바가지 마누라야." 하면서도 차를 세워주고 투덜거리면서도 같이 걸어 주었다.

남편과 함께 논둑길을 걸으니 문득 옛날 이런 길을 같이 걸었던 생각도 나고 특별한 기분이었다. 따스한 봄 햇살에 녹아 쫀득쫀득해진 흙이 촉촉하게 발밑에 닿는 감촉도 정말 좋았다. 겨우내 얼었던 땅을 뚫고 여리디여린 새싹들이 온통 여기저기 뾰족이 돋아나는 봄. 버드나무 가지에 연두색 고운 빛깔로 싹을 틔우는 예쁜 계절, 꿈과 의욕을 갖게 하는 싱싱하고 싱그러운 봄. 그래서 난 봄이 정말 좋다. 또 언젠가 성남에서 곤지암으로 가는 도중에 독특하게 지은 찻집 같은 예쁜 집이 얼핏 지나치기에 갑자기 급한 마음에 남편에게 큰 소리로 말했다. "여보 스톱, 스톱! 저 집 참 예쁘다. 저기서 차茶 한 잔 마시고 가요. 네?" "아휴! 이 주책바가지 마누라야."라고 하면서도 차를 뒤로 빼 그 집으로 들어가 커피를 같이 마셔 주었다.

집을 아름답게 꾸며 「은혜의 땅」이라는 TV 드라마에도 나왔던 집이란다. '예촌'이라는 그 집을 알고부터는 울적할 때면 가끔 그 집을 찾는다. 외벽을 돌과 통나무로 멋스럽게 치장한 그 집. 1층은 한식과 일식당이고 2층은 여주가 가까운 탓인지 언제나 도자기 전시회를 열고 있어 훌륭한 도예가의 작품을 감상할 수 있다. 도자기를 구입도 할 수도 있다. 이 집에서 제일 분위기 있는 곳은 양식당을 겸한 지하 카페다. 구석구석 이색적으로 꾸며진 이 집에서 차를 마시는 기분은 황홀하기까지 하다. 무대가 있어 때로는 운 좋으면 생음악과 유명인의 연주도 볼 수 있다.

겨울엔 카페 한쪽에 페치카를 만들어 누구나 오면 둥그렇게 모여 앉게 하고 이글이글 타오르는 장작불에 고구마를 구워준다. 페치카를 중심으로 둥그렇게 만들어진 의자가 모르는 사람들이 앉아도 서로 마주 보며 정담을 나눌 수 있게 해놓아 꼭 캠프파이어를 하는 기분을 내준다. 손님마다 은박지에 싸서 구운 고구마를 집게로 찾아내어 일일이 은박지를 벗겨주는 주인의 자상함도 정겹고, 뜨거운 고구마를 호호 불어가며 먹는 재미 또한 운치 있지 아니한가. 그래서 독특한 분위기를 내주는 이 집이 좋아 또 찾게 된다.

가을이면 나이에 어울리지 않게 내 아이들에게 대학로에 낙엽 밟으러 가지 않겠느냐고 유혹을 해본다. 그럴 때면 '아유, 엄마가을이 또 왔나 보네요. 하하.' 농담하며 우리 아이들이 웃는다. 삼 남매 중 막내인 아들이 가끔 엄마 기분을 맞춰주어 아들이랑 같이 대학로에 가서 연극도 보고, 퓨전 음식도 안내해 같이 먹고, 시끄러운 카페에 가서 차茶도 마신다. 바바리코트의 옷깃도 세우고 스카프를 날리며 낙엽도 밟는다. 낙엽 밟는 소리에 나는 어느새 이십 대의 처녀가 된다. 가끔 음악회에 갈 때는 화려한 옷에 평소엔 잘 하지도 않는 귀걸이까지 예쁘게 치장하고 가는 분위기 있는 여인으로, 그리고 어느 날 갑자기 겨울 바다가 보고 싶어 훌쩍 떠날 수 있는 그런 여자가 되고 싶은 늘 그런 내 모습 '늙은 소녀'이다. 옛날 어른들이 '몸은 늙어도 마음은 이십 대란다.' 하시던 말이 실감 난다. 내일모레면 내 나이 육십인데 눈 오면 아무도 밟지 않은 눈길도 걷고 싶고, '에디트 피아프'의 애절한 노래에 괜히 눈물을 줄줄 흘리는 나. 아무래도 난 남편의 말대로 '주책바가지'인지도 모른다.

유치하지만 그럼에도 앞으로 나이가 더 먹어 칠십, 팔십의 할머니가 되어도 난 여자이고 싶다. 두 딸이 출가하여 손녀가 있고 사위가 둘씩이나 있지만 난 아직도 철없는 할머니이고 철없는 장모인지도 모른다. 그러나 이대로 살고 싶다. 어른스레 위엄을 갖추고 마냥 점잖기보다는 마음 가는 대로 감정에 충실한 분위기 있는 여자이고 싶다. 또 언제까지나 그냥 철없는 늙은 소녀로 살고 싶다

행복한 골목

나이가 드는 탓일까? 요즘은 작은 것에도 행복하고 고맙고 정답다. 새벽 6시 알람 소리에 잠이 깨면 간단한 허리 스트레칭을 20분 정도 하고 7시부터 시작하는 수영장으로 간다. 아파트에서 수영장이 있는 체육센터까지는 보통걸음으로 10분 정도 걸린다. 아침마다 왕복 20분 정도 이 골목길을 걸을 때가 참 좋다. 길 양쪽으로 이어있는 단독주택들이 정情스럽고 약간의 오르막과 내리막이 있는 것도 좋다. 새로 깐 길바닥이 깨끗하고 길 양쪽으로 심어진 푸르고 넓은 감나무 이파리들의 그늘도, 또한 길가 담 쪽으로 보이는 화분들의 꽃나무들로 사계절을 느낄 수 있어 더 좋다.

처음에 이 골목은 집터가 넓지 않은 단독주택들이기 때문에 차고車庫가 없어 길 양쪽 두 줄로 차들이 빼곡히 세워져 있었다. 덕분에 가뜩이나 좁은 골목이 더 좁아져서 사람들이 다니기도 불편했었다. 그런데 어느 날부터 '차 없는 거리를 만든다.'고 한집 두 집 대문과 담을 헐기 시작했고 담과 대문이 없어진 그 자리에 훌륭한 차고들이 생겨 그동안 길가에 세워놓았던 차들이 집

안으로 쏙쏙 들어갔다. 대문과 울타리가 사라지고 차들이 모두 집 안으로 들어앉아 길가에 차가 없으니 좁았던 길이 훨씬 넓어지고 훤해지면서 쾌적한 동네가 되었다. '떡 본 김에 제사 지낸다'는 우리 속담처럼 차고 만드는 공사 덕분에 집집마다 그동안 퇴색된 곳과 헐고 낡아진 곳들을 조금씩 손을 보며 새로 도색을 하니 집들이 모두 새집처럼 깨끗해져 골목길이 정말 깔끔하고 예쁜 새 동네가 되었다.

길바닥은 우레탄을 깔고 인도 쪽은 보도블록과 유실수인 감나무들을 심어 오가는 사람들의 마음까지 상쾌하고 밝게 만들었다. 생각의 차이라는 것이 얼마나 대단한 것인가? 집집마다 대문과 울타리를 없앨 수 있다는 것, 넓지 않은 집인데도 이렇게 충분한 주차 공간이 생긴다는 걸 왜 진작 생각 못 했을까? 아마도 '담과 대문이 없으면 안 된다.'는 우리의 고정관념 때문이었으리라. 일본 여행에서 담 없이도 아담하고 깨끗했던 일본의 집들이 생각났다. 늦었지만 지역자치제 실시에서 대문과 울타리를 없애고 주차공간을 만든 것은 참으로 획기적이고 정말 잘한 일이다. 모두 서로 애정을 가지고 신경을 쓰니까 이렇게 훌륭하고 행복한 사회가 되는 것을.

이 길을 걸으며 또 나를 행복하게 하는 것들이 있다. 연세가 높은 어르신들이 소일거리로 꽃을 가꾸시는 모습들을 종종 본다. 집집마다 창과 길 쪽 담 위로 내 놓인 화분들 속에서 활짝 핀 그 꽃들이 얼마나 예쁜지. 헌데 더 미소를 짓게 하는 것은 화분모양들이 각양각색이라는 점이다. 대개는 검은색 플라스틱과 붉은 흙으로 빚은 화분들이지만 개중엔 하얀 스티로폼박스도 있고 이상하게 생긴 작은 항아리 등등 재미있다. 그러나 거기서 피운 꽃들은 주인어른들의 사랑과 정성으로 키워져서인지 갖가지 색깔로 꽃을 피우고 있어 골목길을 더욱 환하고 아름답게 한다.

내리막길 끄트머리 손바닥만 한 삼각형 자투리땅에는 해마다 한 할머님이 열심히 심고 가꾸시는 밭이 있다. 올해도 파랗고 싱싱한 상추, 고추, 쑥갓들이 소복하게 자라고 있다. 밭 가장자리엔 가지 나무와 토마토도 몇 그루 심어 놓으셨고. 길 둑 위로도 꽤 많은 여러 개의 화분에 각기 예쁜 화초들을 가득가득 심어놓으셨다. 내가 어렸을 때 보던 순수한 우리 꽃들이다. 화려하진 않지만 소박한, 동요에 나오는 채송화, 봉숭아, 백일홍, 금잔화, 맨드라미, 분꽃, 찔레꽃 등등… 향수를 불러일으키는 애틋한 마음이 되는 그런 꽃들. 지금은 거의 사라지다시피 한 보기 드문 꽃들이라서 더욱 사랑스럽고 정이 간다.

봉숭아꽃은 어렸을 때 언니들이랑 같이 백반을 넣고 곱게 찧은 것을 손톱에 올려놓고 길쭉한 봉숭아 잎으로 빠지지 않게 실로 꽁꽁 묶고, 혹시라도 밤사이 자다가 빠져나갈까 봐 조심스레 두 손을 가슴에 얹고 걱정하며 잠을 잤던 일이 생각난다. 또 땅바닥에 납작하게 앉아 빨강, 노랑, 보라, 분홍색깔로 장독대 가장자리를 화려하게 장식해주던 채송화. 아침이면 이슬을 머금고 나팔처럼 입을 벌려 웃고 있던 분꽃. 닭 벼슬처럼 꼬불꼬불 빨갛게 핀 맨드라미. 옛날 우리 집 대문 양쪽 담에 빨갛게 피었던 찔레꽃 나무 등등…. 모두 내게는 너무나 정겨운 꽃들이다. 왜 이 꽃들을 보면 늘 가슴이 짠한지 모르겠다.

이런 꽃들을 날마다 사랑과 정성으로 열심히 키워내시는 할머니, 오늘도 바가지로 물을 떠다 주시느라 바쁘시다. 그새 할머니 허리가 더 꼬부라지신 것 같다. "할머니 힘드시죠?" "뭐시 힘드노! 꽃이 안 좋나. 사람들이 이 길을 가메 오메 보문 좋제! 내도 좋고 안글라." 얼마나 고마운 일인가? 이 꽃들처럼 아름다운 마음을 갖고 계신 할머니의 사랑의 손길이 이 길을 걷는 모든 이들을 행복하게 한다. 간혹 마음 상한 일이 있었던 사람까지도 이 골목길을 지나면서 이 꽃들을 본다면 아마도 상했던 마음이 풀리고 미소를 짓고 마음의 평화를 얻게 될 터이니, 이 할머니야말로 진정 아름다운 사회를 만드시는 분이 아닐까? 오가는 이들이 보고 좋아지라고 꽃을 가꾸신다는 할머님, 그래서 당신 마음까지도 행복하시다는 분. 오래오래 건강하시면 좋겠다.

따스한 아침 햇살을 받으며, 활짝 핀 아름다운 꽃들과 깨끗하고 환한 길, 그리고 파아란 하늘과 감나무들의 푸름을 온몸으로 느끼며 행복한 마음으로 오늘도 이 골목길을 걷는다. 할머니처럼 나도 누군가에게 좋은 일, 보람과 행복함을 느끼게 할 수 있는 일을 찾아봐야겠다는 생각을 하면서. 느릿한 행복에 젖는다.

내 집이 최고의 피서지

올해는 벌써부터 날씨가 더워서 잠깐만 외출했다 돌아와도 온몸에 비를 맞은 듯 옷이 땀에 흠뻑 젖어 정신이 없다. 이럴 때 몸도 마음도 편하고 남의 신경 쓸 일 없고 거칠 것 없이 뛰어들어가 시원하게 샤워를 할 수 있는 집, 이런 내 집이 있어 얼마나 고마운가. 아무리 좋은 피서지라고 해도 내 집만큼 편안한 피서지가 어디에 또 있으랴.

조선 후기 실학자 정약용은 「다산 산문집」에서 8가지 피서법을 소개하고 있다. 첫째가 깨끗한 대竹자리에서 바둑 두기다. 세상 시름 다 잊고 유유자적하다 보면 더위도 잊을 수 있다는 것이다. 다음으로는 이열치열의 활쏘기, 투호 놀이, 그네뛰기 등 한바탕 운동으로 더위를 잊는 일. 또 서쪽 연못에서 연꽃구경, 동쪽 숲에서 매미 소리를 듣는다고도 했다. 자연과 더불어 청량한 마음 기르기 등등…. 일곱 번째로 비 오는 날 시 짓기로 심신의 더위를 쫓는 방법이다. 마지막으로 달 밝은 밤 발 씻기다. 다산의 마지막 추천법인 탁영탁족濯纓濯足은 갓끈과 발을 물에 담가 세속에 얽매이지 않고 자연에 순응하며 살아가겠다는 인격수양의 의미도 포함되어 있다. 등산할 때 골짜기에서 흘러 내려 오는 계곡 물에 발을 담그면 줄줄 흘러내리던 땀은 간데없고 어느새 더위는 씻은 듯이 사라지고 몸은 날아갈 듯 가벼워진다는 것이다.

오늘 외출에서 돌아오자마자 온통 땀으로 범벅이 되어 끈적거리는 몸을 곧바로 욕실로 들어가 샤워를 하고 나니 날아갈 것 같이 시원했다. 그리고 지난해 내가 인조견을 끊어다 만든 편한 옷에 에어컨을 틀어놓고, 차곰차곰한 대나무 돗자리에 앉아 얼음 넣은 매실차를 마시니 천국이 따로 없다. 더욱이 우리 집은 앞 동과의 거리가 백 미터 정도 떨어진 데다가 집이 남향으로 앉아있고, 앞으로는 산이 보이고 뒤쪽으로는 각종 나무와 푸른 숲으로 잘 가꾸어놓은 공원이 있다. 덕분에 문만 열면 맞바람이 불어 옛날 대청마루에 앉아 있는 듯 시원하다. 누구에게나 안락함을 주는 자기 집, 편안한 내 집이 제일의 피서지가 아닌가 싶다.

집집마다 피서 철만 되면 시원한 곳을 찾아 외국여행을 가거나 아니면 국내의 산이나 바다를 찾아 떠난다. 그래서 콘도나 호텔 등 예약하랴 준비하랴 바쁘다. 경비도 만만치 않게 들고, 너도나도 피서 행렬에 길이 막혀 온통 스트레스만 받는다. 돈 써가며 하는 생고생, 물론 고생이라고는 하지만 나름대로 재미도 있고 추억이 되기도 한다. 하지만 편하고 돈 안 들고 시원한 천국 같은 내 집이 있는데….

피서 간다고 안 그래도 날마다 힘든 가장家長 땀 빼며 수고하게 만들지 말고 기름도 안 나는 나라에서 괜한 기름 낭비, 돈 낭비 안 하니 가정경제에 도움도 된다. 교통난도 해소되며 공해까지 줄어드니 국가적으로도 애국하게 되는 1석 4조, 아니 1석 5조인 셈이 아닌가. 집이란 언제나 가족들의 심신을 편하게 해주는 평화가 있는 곳이고 참 고마운 곳이다. 올여름만은 이렇게 좋은 우리들의 집에서 보내보는 것은 어떨까 모두에게 권해보고 싶다.

모든 사람들이 생각을 조금만 돌린다면 더위를 쉽게 피하는 방법 아니 최고의 피서지는 바로 나의 집, 누구에게나 있는 '내 집'이라고 생각한다. 다산 정약용의 첫 번째 피서법이 또한 그중에 으뜸이라. 거실에 대나무돗자리를 펴놓고 그 위에 벌렁 누워보라! 온몸과 마음이 시원하여 세상 근심, 걱정 다 사라지느니…. 이보다 더 좋을 순 없다!

나이 먹는 일

"하느님께 그저 감사하지요, 감사하고말고요." 개신교 신자인 L 선생은 별것도 아닌 조그만 일에도 감사하다는 말을 입에 달고 산다. 늘 혼자 착한 얼굴로 감사하다는 말을 할 때마다 좀 얄밉고 가증스럽다는 생각을 했었다. 무엇이 그리 감사하다고. 이를테면 돈이 많아 잘 사는 사람은 자기가 무엇인가 열심히 노력하여 일구었기 때문에 돈을 많이 벌게 되어 부자가 되었을 것이다. 가정이 화목하고 자식들이 출세하고 잘되는 집은 가정이 화목하도록 부모가 부단한 노력을 했기 때문에 얻어진 것인데 뭐가 그리 감사할 게 있나 생각했었다. 나 또한 무엇이 잘 될 때면 그것은 내 복이고 내가 노력했기 때문에 당연히 나에게 주어진 것이라고 생각했었다.

나이가 들고 그동안 잘나가던 남편의 사업이 부도가 나고, 큰 시련을 겪으며 내 몸이 많이 아파본 후에서야 깨달았다. 이제껏 모든 일은 내가 잘나고 복이 많고 내가 잘해서 얻어진 것이 아니라는 것을. 어리석도록 교만했던 나 자신에 대한 부끄러움으로 몸 둘 곳이 없었다. 이 모든 것이 다 그분의 섭리대로 살아가게 된다는 것을 어리석게도 이순耳順이 되어서야 깨달았으니….
옛날 가증스럽게만 느껴졌던 L 선생이 생각났다. 감사할 일이 이렇게 많은 줄 미처 몰랐다. 지금은 매사가 다 감사할 일뿐이다. 아무리 잘 만들어 좋다는 명품도 10년 쓰면 오래 썼다고 하고 대개는 고장이 나서 폐기처분을 한다. 오로지 그분께서 만드신 작품인 '사람'이라는 존재만이 60년, 70년씩 거뜬히 움직이고도 오묘하게 자생능력까지 주셔서 관리만 잘하면 80년, 90년까지도 쓸 수도 있으니 이것이야말로 명품 중에서도 특별한 명품이 아닐까. 이 얼마나 감사한 일인가!

요즘 나는 아침저녁으로 한강변 하이웨이에 출퇴근을 한다. 이른 아침 강변북로를 달리는 기분은 말할 수 없이 행복하다. 퇴직한 후, 이 나이에 또 출근할 곳이 있다는 것. 아직도 나를 필요로 하는 곳이 있고, 또 나에게 일을 할 능력과 건강을 주신 그분께 감사할 뿐이다. 조용히 흐르는 한강을 바라보며 아침 햇살에 금빛으로 빛나는 늘씬한 63빌딩부터 여의도의 빌딩 숲을 지나, 서강대교, 그리고 공항대교의 멋진 모양을 감상한다. 또 특색 있는 디자인으로 크기와 모양이 알맞도록 만들어진 최신 자동차들이 경주하듯 자유로까지 쌩쌩 달리는 틈에서 함께 달리고 있는 내 모습에도 흡족하다. 잘 보이는 눈을 주시어 멀리 있는 이정표를 볼 수 있고, 이순이 넘은 나이에도 가고 싶은 곳이면 어디든지 운전하며 다닐 수 있는 건강을 주셨으니 얼마나 감사한 일인가.

퇴임한 직후 후 3개월 정도 일이 없이 집에만 있었다. 40년 가까이 참으로 눈썹이 휘날릴 정도로 눈코 뜰 새 없이 바쁘게 살다가 퇴직을 하니 이런 천국이 없었다. 실컷 늦잠을 잘 수 있는 행복도 맛보고, 아침부터 무슨 드라마는 그렇게도 많은지 TV 채널을 돌려가며 연속극에 취하다 보면 어느새 정오다. 그렇게 또 하루가 가고, 외출할 일이 없으니 화장하고 치장할 일도 없이 그저 편했다. 그렇게 하루하루를 보내다 보니 시간이 많고 편한 것만이 행복한 게 아니라는 걸 깨달았다. 게으르고 나태해지며 사는 게 무엇인가에 대한 회의도 느껴지고 우울하고 재미가 없었다. 퇴직하면 시간이 많으니 책도 많이 읽을 것 같았는데 시간이 너무 많아서인지 현직에 있을 때 틈틈이 짬 내어 읽을 때보다도 더 읽지 않게 됐다. 내가 누구인지, '나'를 찾을 수 없는 자아 상실에 빠지게 되고 점점 바보가 되는 것 같았다.

오랫동안 봉직하던 직장을 떠나 은퇴한 사람들이 갑자기 병이 나거나 세상을 뜨는 일이 있다는 이야기를 들었었다. 하는 일이 없으니 마음을 너무 풀어놓아서 생기는 현상이란다. 의학적으로 생활에서 우리를 힘들게 하는 어느 정도의 스트레스는 오히려 사람을 강하게 하고 삶을 보람되게 이끄는 원동력이 된다고 한다. 그러므로 계획적인 생활로 조금은 긴장하며 살아야 생동감 있고 활력이 넘치며 피부도, 마음도 늘어지지 않고 젊음을 유지할 수 있단다.

'아, 이래선 안 되겠다. 무엇이든 일을 만들어 시작해야 되겠구나.'라고 생각하고 있던 차에 때마침 후배 교장에게서 강의를 맡아 해달라는 요청이 왔다. 정말 고마웠다. 흔쾌히 승낙하고 그때부터 즐거운 제2의 직장생활이 시작된 것이다. 평생 내가 할 줄 아는 것은 남을 가르치는 일밖엔 없으니, 날마다 학교로 출근하고 학생들을 가르치고. 새롭게 일이 생겨서 옛날로 돌아간 듯 즐겁고 행복했다. 내가 학교에서 언제나 기분 좋은 얼굴로 명랑하게 다녀서인지 어느 젊은 선생님이 말했다. "항상 밝고 활동적인 선생님 모습을 뵈면 저희도 저절로 힘이 나요. 연세에 비해 정말 젊으신 선생님을 뵈면 나이 먹는 것도 겁 안 나고요." 물론 나 듣기 좋으라고 한 소리겠지만, 생기 넘치고 밝은 얼굴은 누구에게나 보기 좋은 것 같았다. 나이가 들었어도 좋은 인상을 준다는 것은 기분도 좋고 듣기도 좋았다.

지금까지도 일정하게 하는 일 없이 집에 있었다면 TV 연속극 채널이나 돌리면서 이리저리 뒹굴며 아까운 시간을 헛되이 보내고 있었을 텐데…. 늘 조직적인 생활로 긴장하며 살아갈 수 있는 보람 있는 일자리를 주셨으니 얼마나 감사한 일인가! 젊었을 때는 무슨 일이든 생각대로 잘 안 되면 짜증과 원망으로 자신을 괴롭혔는데, 생각해보면 어리석은 것이 사람인 것 같다. 미래는 예측할 수 없다. 이제 얼마를 더 살지는 모르지만 살아온 날보다는 앞으로 살날이 훨씬 짧은 것만은 자명하다. 이제부터는 인생의 선배로서 주위의 모든 사람들에게 '아름다운 사람'으로 기억될 수 있도록 더욱더 노력하고 감사하는 마음으로 겸손하게 살아가야겠다.

여행은 행복한 중독

"여행은 가슴이 떨릴 때 해야지 다리가 떨릴 땐 이미 늦었다." 이런 말을 누가 했는지는 모르지만 지금 생각하니 공감이 가는 말이다. 그런 걸 보면 내가 선견지명이 있었나 보다. 남편과 나는 똑같이 여행을 좋아해서 1980년대부터 거의 해마다 외국여행을 다니기 시작했으니 참 많은 나라를 다닌 셈이다. 세계지도를 펴놓고 볼 때 오대양 육대주의 땅을 조금씩은 다 밟아본 것 같다. 대개의 신문 하단에 실린 해외여행 광고란을 보면 대부분이 우리가 거의 다녀온 곳이다. 내가 학교에 재직하고 있을 때는 방학이 있어 기간에 제약을 받지 않아 좋았지만, 남편은 회사의 휴가가 많아 봐야 일주일이라 짧게 일정을 잡았었다. 하지만 퇴직 후에는 일정을 여유롭게 잡을 수 있어 둘이 자유롭게 다녔다. 그러나 아직도 갈 곳도 많고 가고 싶은 곳도 많은데 이제는 남편의 다리가 안 좋으니까 가고 싶으면 나 혼자 친구들이나 옛 동료들하고 같이 가란다. 옛날에는 친구들하고 같이 가고 싶다고 하면 여자가 어디 외국여행을 혼자 가느냐고, 여자들끼리 가면 큰일 나는 줄 알고 야단이었는데. 이래서 가슴이 떨릴 때 여행을 하라는 거구나 공감했다.

여행을 하면 즐겁고 행복하다. 누구를 만난다는 것, 그리고 어디론가 훌쩍 떠난다는 것은 삶의 새로운 충전이다. 또한 여행은 꿈이 있는 자만이 새로운 여정을 위해 떠난다고 한다. 모두를 내려놓고 잠시 마음을 비워 자신을 돌아볼 수 있는 여유를 갖게 하며, 잠시 머무는 삶에서 새로운 인생의 아름다운 휴가이며 휴식이기도 하다. 우린 언제나 여행날짜가 정해지면 거실에 미리 여행 가방을 열어놓고 목록에 빠진 것은 추가하여 기록한다. 무엇이든 생각날 때마다 한 가지씩 챙겨 넣어가며 짐을 챙기고 있노라면 마음은 벌써 행복해진다. 여행은 신기한 매력이 있다. 출국하는 날을 기다리는 하루하루를 새롭고 힘이 나게 하며 행복하게 한다. 미지의 세계를, 또 다른 나라를 맞이한다는 설렘과 환희!

여행은 모든 시름을 잊게 하고 기쁨을 준다. 세계 속 나라마다 독특한 그들만의 문화를 보고 들을 땐 새롭고 마냥 신기하다. 우리나라와 다른 모습의 집과 강과 산의 모습들, 그리고 사람들의 색깔과 생김새 그리고 음식에서도 역사가 보인다. 많은 나라를 다녔지만, 특히 검은 피부의 헐벗고 굶주린 사람들이 어른 아이 할 것 없이 한꺼번에 몰려와 손을 벌릴 땐 연민과 가슴이 아팠다. 살아가는 것들에서 많은 것을 생각하게 하고 느끼게 한다. 여행은 희열과 감동이다. 삶에 여유의 시간이 주어지고 기쁨을 생성시켜 탄력과 긴장을 주며 생동감을 준다.

우리 집 장식장엔 세계가 들어있다. 여행을 하면서 나라마다 그 나라를 상징하는 기념품들을 한 가지씩 사 모은 것들이 어느새 한 가득이다. 각 나라의 향수병, 알리바바의 요술램프, 투탕카멘의 황금 얼굴, 백색의 타지마할, 노르웨이의 스키 타는 아이, 도자기 코끼리, 터키 칠보도자기들, 기모노의 요염한 여인, 피라미드 스핑크스, 아프리카의 채색 타일, 멕시코 모자, 접시, 그 외 조각품들. 또 여러 나라마다 모양이 다 다른 종, 악기, 인형, 모형신발, 컵, 기타 등. 이들 하나하나가 모두 추억이고 내겐 또 다른 행복과 꿈을 준다. 오늘도 이 장식장 앞에서 새로운 도전의 유혹을 느끼며 마음은 벌써 미지의 세계에 대한 기대로 설레는 걸 어쩌랴! 아무래도 또 가방을 챙겨야할 것 같다. 기쁨의 충전을 위해 세계 속으로 또 떠날 준비를 해야겠다. 남편과 함께 지도를 펴놓고 의논하여 갈 곳을 정해야지. 애인을 만나러 가듯 마음은 벌써부터 설렌다. 아무래도 나는 여행중독인가보다. 하지만 이건 행복한 중독이겠지?

북유럽 인간 지팡이

'사랑'과 '여행'은 하면 할수록 젊어진다고 했다. 그런데 난 이번 여행은 젊어지기는커녕 몇 년은 더 늙어버린 것 같았다. '아버지 칠순 기념'이라고 자식들이 보내준 북유럽 여행에 마음까지 설레며 기다렸었는데, 여행하는 동안 나는 남편 특별비서에 인간 지팡이 노릇까지 하느라 하루하루 초조와 불안 속에 여행을 했기 때문이다. 덕분에 뭘 보았는지 기억도 안 나고, 그저 빨리 여행 날짜가 지나 귀국하기만을 빌었다.

여행 첫째 날과 둘째 날은 모스크바였다. 아직도 우리 나이의 뇌리엔 옛날 '소련'이라는 나라는 눈이 많이 오고, 춥고 무시무시하며 음울한 공산주의 나라로만 기억되는데 막상 와보니 생각과는 달리 생소했다. 육중하고 고풍스러운 건물들에 현대적인 상점들이 즐비하다. 우리나라와 별 차이 없이 젊은 사람들은 경쾌하고 스마트한 옷차림을 하고, 편하고 자유롭게 스키보드를 타고 즐기며 밝게 웃는 모습에 놀라웠다. 또한 크렘린 궁전 안에 고색창연한 러시아 정교회인 성모승천 성당이 있다는 것도, 아름답게 설계된 정원과 울

창한 숲도 신기했다. 변화된 러시아를 보며 글로벌시대 세월의 무상함을 느꼈다. 또 모스크바 하면 색다르게 떠올려지는 양파 모양의 성 바실리 사원은 밖에서나 안에서나 이루 표현할 수 없을 만큼 특이하게 아름다웠다.

성 바실리 사원은 이반 4세 때 세워져(우리나라 연산군 때쯤) 451년이 되었단다. 불꽃모양의 8개의 돔은 8개의 복을 상징한 것이고, 9번째의 복을 상징하기 위하여(수난을 당하고 있는 사람은 예수를 믿음으로써 하늘에서 상금이 크게 내린다.) 중앙에 65m의 큰 돔을 만든 프레스코 페인팅의 러시아 정교회의 사원이다. 완공 이후 이반 대제가 이런 아름다운 건축물을 다시는 지을 수 없도록 건축가의 두 눈을 뽑아버리게 했다는 전설도 있을 만큼 아름다운 성당이다. 그리고 이 크렘린 궁전에서 특별히 눈에 뜨인 건 궁전 바로 앞에 대한민국의 삼성전자를 광고하는 대형 간판이다. 우리나라의 대기업 간판이 모든 사람의 눈에 잘 띄도록 크게 붙어 있다는 게 반가웠고, 가까이에 LG 광고까지 펄럭이는 걸 보니 대한민국 만세를 부르고 싶도록 자랑스러워져 어깨가 절로 으쓱여지며 기분이 좋았다. 우리 아들이 삼성맨이라서 더 기분 좋았다. 아무튼 이런 우리나라 대기업들이 국위를 선양하며 나라를 살리는 국력이라는 생각에 고맙고, 과연 글로벌시대임을 흐뭇하게 실감했다. 이렇게 기분 좋은 여행의 서막이 열렸다고 생각했었는데….

여행 셋째 날, 상트페테르부르크에서 대형 사고가 생길 줄이야! 세계최대의 박물관으로 알려진 러시아의 에르미타주 겨울 궁전을 관람하는데 얼마나 많은 사람이 빼곡히 줄을 서 있는지 말 그대로 인산인해였다. 박물관을 대충 지나치는데도 방마다 진열된 수많은 작품에 가이드 따라다니기도 힘들 정도였다. 작품 보랴, 설명 들으랴, 사진 찍으랴 정신없는데 남편이 2층 올라가는 층계를 오르다 그만 엄지발가락을 다치는 대형 사고를 냈다. 일행과 떨어지면 폐가 된다고 재촉한 나 때문이란다. 그러나 어쩌랴, 관광은 계속되었고 그런대로 열심히 따라다니며 볼 수밖에…. 러시아의 '베르사유 궁전'이라 일컬을 만큼 아름다운 도시이자, 한때 수도이기도 했던 상트페테르부르크는 101개의 섬을 연결해서 만든 인공도시란다. 도시 안에는 각기 조각이 새겨진 500여 개의 다리가 있으며 물의 도시 '북방의 베니스'라고 할 만큼 아름다웠고, 과연 그 옛날 웅장하고 화려했던 러시아 제국의 역사가 보였다. 이곳은 우리가 잘 알고 있는 러시아의 국민시인 '푸시킨'의 고향이기도 하다.

에르미타주 박물관은 그 길이만도 네바 강을 따라 230미터의 건물에 총 1,056개의 방과 2,000여 개가 넘는 창. 그리고 100개가 넘는 계단과 300만 점 이상의 전시품이 소장되어있는 세계 3대 박물관 중의 하나로 한 작품을 1분씩만 감상한다고 해도 5년이 걸린다니 놀랄만하다.

핀란드로 이동했다. 세계적인 작곡가 시벨리우스의 나라. 시벨리우스 공원에서 일행들이 기념촬영 하느라 바쁘다. 남편이 나를 보고 당신도 가서 기념사진 찍으라고 한다. 빨리 뛰어가 시벨리우스의 두상과 파이프오르간 앞에서 사진을 찍는 둥 마는 둥 하고는 불안한 남편 부축에 신경을 썼다. 우리 일행은 버스에 몸을 실은 채 애절하고 간절하게 흐르는 아름다운 곡, 핀란드의 제2의 애국가처럼 사랑을 받는 핀란디아 음악에 취해 잠시나마 피로를 풀며

스웨덴으로 향했다.

실자라인에 탑승했다. 북유럽 여행을 먼저하고 돌아온 사람들이 실자라인 크루쥬를 타면 '선상에서 보는 환상적인 저녁노을은 잊을 수 없다.'고 하며 가서 잘 보고 오라고 하기에, 나도 꼭 보리라고 생각하고 실자라인에 탑승할 때 잔뜩 기대를 했었다. 허나 저녁때 다른 사람들은 밖으로 나가 환성을 지르며 감상하고 즐기는데, 나는 노을은커녕 퉁퉁 부은 남편 발만 붙잡고 빨리 열이 내리고 부기가 빠지도록 냉찜질을 하며 기도하느라 정신이 없었다. 남편의 오른쪽 발은 통풍을 앓았던 발이기 때문에 늘 조심을 했고, 음식도 통풍에 좋지 않은 음식은 가려 먹었었다. 그래서 통풍은 거의 다 나았었는데, 러시아 박물관층계에서 왜 하필 그 발가락을 다쳤는지. 아팠던 발이라서 그런지 재발한 것처럼 다시 성이 나서 오히려 더 많이 붓고 아파했다. 헬싱키에서는 발이 많이 부어 신발도 신을 수 없었는데, 다행히 일행 중 한 분이 마침 여유분의 슬리퍼가 있다고 줘 한쪽 발만 슬리퍼를 신고 성한 왼쪽 발과 나를 지팡이 삼아 의지하며 다녔다. 많이 걷게 될 경우엔 남편은 주로 차 안에 있거나 버스 맨 뒷자리에서 발을 높이 올려놓고 쉬고 있었다. 남편이 너무 아파하니까 그곳 헬싱키에서 병원을 가려고도 했지만, 우리나라와 달라 절차가 보통 복잡한 게 아니고 너무 어려워서 치료를 할 수도 없었다. 여행이고 뭐고 그냥 한국으로 빨리 가고 싶은 마음뿐이었다.

노르웨이에서는 그나마 남편이 내 어깨를 짚거나 의지하고, 아니면 내 머리를 짚도록 하고 부축해서 조금씩 걸을 수 있었다. 덕분에 산악열차도 탈 수 있었고, 덴마크 코펜하겐에서 인어 동상도 함께 본 후 독일로 향했다. 물론 걸을 땐 계속 내 어깨와 머리를 짚고 다녔고, 나는 남편의 '훌륭한 인간 지팡이' 노릇을 톡톡히 했다. 그러는 동안 시간은 어김없이 흘러 아득하기만 하던 보름 동안의 여행 일정이 모두 다 지나갔다. 이제 돌아갈 날이다. 어휴, 이제 고생 끝이다. 마음의 짐을 내려놓은 홀가분함은 학교 다닐 때 중간고사를 치른 후의 시원함 같았다. 한시름 놓여 참 좋았다.

드디어 비행기가 대한민국 인천공항에 도착하여 내렸다. 그런데 이게 웬일? 그동안 운동화도 못 신고 슬리퍼만 간신히 끌고 다녔던 남편의 한쪽 발이 거짓말같이 다 나아서 운동화를 신는 게 아닌가. "어? 당신 왜 그래요? 정말 운동화 신어도 괜찮아요?" "글쎄, 이제 운동화 신어도 괜찮네. 안 아픈데." "그럼 나 이제 인간 지팡이 끝난 거유?" 아니 서울 오니까 발이 아프지 않다니. 참, 나 원…. 어이가 없어 웃음이 나왔다.

이번 여행에서 절실히 느꼈다. 누구나 다 아는 얘기지만 여행 중에 병이 나거나 아픈 것은 자기 자신이 괴로운 것은 물론이요, 같이 간 일행에게까지 누를 끼쳐 다 같이 우울하게 만들게 되니 떠나기 전 꼭 건강 체크는 확실히 하고 떠나라는 것. 물론 돌발 사고야 어쩔 도리가 없지만. 누가 한 말인지는 몰라도 '여행은 가슴이 떨릴 때 다녀야지 다리가 떨릴 때 다니면 이미 늦었다.'는 말이 생각이 나서 혼자 속으로 씁쓸히 웃었다. 나의 희비가 엇갈린 잊을 수 없는 북유럽여행기다.

보라카이의 행복

푸른 물결 파란 하늘 속, 꿈속 같은 여행의 시작. 여기는 필리핀 보라카이! 자식들이 의논해서 작년에 이미 비행기 예약까지 다 해놓았다는 가족 피서 여행이다. 우리 아들, 딸, 며느리, 사위, 손자, 손녀까지 총 13명이나 되는 대인원이었다. 다만 미국에서 대학교에 다니는 큰 손녀 혜진이는 방학이라 귀국했지만 마침 좋은 곳 인턴 자리가 있어 잠시 직장 생활의 경험을 쌓는다고 여행에서 빠졌다. 국제고등학교 다니는 둘째 손녀 혜선이와 초등학교 6학년 찬호, 2학년 지우, 1학년 연우 등 손자 셋. 요 녀석들은 남자아이들이라 어찌나 시끄러운지 잠시도 가만히 있질 않는다.

공항에서도, 비행기에서도 장난치며 같이 어울려서 연신 킬킬 깔깔 웃는다. 역시 가족끼리의 여행이라 즐거운가 보다. 우리 가족은 손자들까지 열세 식구의 생일이나 기념일까지도 온 가족이 거의 함께 모여 챙긴다. 그리고 부담 없는 곳이라면 어디든 여행 가는 것을 좋아한다. 딸네와 갈 때도 많고, 아들네와도 자주 여행을 한다. 열세 식구가 함께하는 국내여행도 종종 하는 편인데, 온 가족이 함께하는 해외여행은 이번이 처음이다.

우리가 묵은 '페어웨이 블루워터 리조트'는 깔끔하고 고급스러운 리조트였다. 큰딸은 본관에 방을 잡았다. 온 식구가 모이는 집합장소로 겸하기 때문에 좀 넓은 방으로 정한 것 같았다. 아들네와 작은딸 그리고 우리 내외는 '카타리나' 동에 각각 숙소가 정해졌다. 방에 들어가 보니 시설이 좋고 깨끗해서 좋았다. 둘째 딸네와 우리 방은 구조가 비슷했고, 아들네 방은 건물 끄트머리라서인지 같은 일반객실인데도 스위트 룸처럼 '홈 바'도 있고 실내가 조금 더 넓어 네 식구 쓰기에 안성맞춤이었다. 남편과 함께 우리 방에 들어가 보니 모든 집기들이 가지런히 잘 갖추어 놓여있고 깨끗한 시설이 마음에 들었다. 특히 발코니 코앞부터 드넓은 녹색의 골프장이 있어 앞이 탁 트여 좋았다.

말 그대로 '그린 필드'로 우선 눈이 편하고 가슴까지 힐링이 되는 듯 시원했다. 이 리조트에는 수영장이 4곳이나 있었다. 루시아 동 앞 수영장은 수영하다가 중간에 몸도 녹일 수 있는 따뜻한 '자쿠지'도 있고, 또 수영하다 피곤하면 잠깐 쉬면서 한잔할 수 있도록 물 가운데 섬처럼 만들어놓은 작은 바까지 있어 좋았다. 물을 좋아하는 우리 손주들은 가자미처럼 수영장 바닥에 딱 붙어 오래 잠수하기 시합을 하는 둥, 물장구와 헤엄을 치며 물놀이에 신이 났다.

화이트 비치가 있는 '디몰'에는 먹는 집도 상점도 많고 볼거리도 많은데, 한걸음 건너 호객 행위까지 사람들로 북적거려 식사를 하는데도 어떻게 먹었는지 정신이 없었다. 그러나 시원하게 큰 키의 야자수들과 탁 트인 바다,

멀리서부터 몰려와서는 이내 보석처럼 반짝이며 부서지는 파도의 하얀 거품과 수평선. 그 층층이 다른 색으로 아름다운 바다 빛깔이 나를 매혹한다.

이래서 '보라카이는 바다의 마법에 빠진다.'라고 하는구나, 이해가 되었다. 화이트 비치의 끝없이 펼쳐진 백사장은 산호초와 조개가 부서져 만들어져 하얗단다. 순백의 모래 위를 걸을 때도 기분이 좋았다. 특히 바닷물이 훑고 간 바닷가를 맨발로 걸을 때면 포근하게 발등을 감싸는 부드러운 촉감과 밀가루같이 부드러운 모래의 매력에 푹 빠져 손주들은 모래 속을 파고, 주무르고, 쌓는 재미에 시간 가는 줄도 몰랐다.

돛을 달아 바람을 이용해 바다를 즐기는 세일링Sailing을 하는 날이다. 식구가 많아 두 대로 나눠어 타고 바다로 나갔다. 푸른 바다에 배 몸체 전부가 이리저리 흔들리며 물보라에 파도까지 심해서 어른인 나도 겁이 좀 났지만 그래도 바닷바람이 상쾌했다. 우리 손주들도 물보라와 파도에 옷이 다 젖어 추워 부들부들 떨면서도 환성을 지르며 재미있다고 더 타고 싶다고 아우성이었다. 저녁엔 전신 마사지로 피로를 풀었다. 수영장과 바다가 한데 붙은 듯 파란 프라이빗 비치는 한적해서 좋았다. 밀려오는 파도에 해수면이 층층으로 보이는 에메랄드 빛깔의 바다! 참 아름다웠다. 바다를 그냥 바라만 보고 있어도 저절로 힐링이 될 것 같았다.

어느새 저녁때가 되었다. 바다를 바라보며 온 식구가 함께한 저녁 시간이었다, 바닷가 백사장 위, 이곳 더운 지방 특유의 열대식물로 꼬아서 만든 넓고 둥근 식탁 위에 촛불을 켜놓고 해산물과 바비큐를 즐기며 '우리 열세 식구의 건강을 위하여 브라보!'를 외친 보라카이 바닷가에서의 디너파티. 뒤로는 야자수 나무들을 배경으로 발랄한 음악이 흐르고…. 낭만적이었다.

오늘은 카트를 타고 골프장으로 갔다. 큰사위가 우리 숙소만이 보라카이 10분의 1의 면적을 차지하는 골프장을 겸하고 있는 유일한 호텔이라고 한다. 정말 저 멀리 바다까지 보이고 야자수가 함께 어우러진 18개 코스가 카트를 타고 가도 가도 끝없이 넓고 멋진 골프장이었다. 큰사위와 아들이 공치러 간다며 함께 가자고 해서 나도 갤러리로 따라 나왔다. 마니아인 사위와 아들이 치는 공은 하늘을 난다. 나는 잘 치지도 못하면서 그냥 신이 났다. 하늘과 바다가 함께 한 드넓은 필드에서 샷을 하는 기분은 마치 내가 친 공이 멀리 날아가 바다에 빠질 듯 매우 상쾌했다. 어찌 됐든 내 마음만은 그저 굿 샷!

다음날은 배를 타고 나가 바다낚시도 하고 디몰에서 쇼핑도 한다고 엄마도 함께 나가자고 하는데, 북적대는 사람들 속에 섞이는 것도 싫고 피곤해서 남편과 우리 아이들 삼 남매와 손주들까지 모두 내보내고 나 혼자 호텔에 있으니 조용해서 좋았다. 방 어느 쪽에서 보아도 창밖의 경치가 일품이어서 더 좋았다. 잘 가꿔진 푸른 잔디, 쭉쭉 뻗은 야자수, 벙커에 작은 연못, 새파란 하늘까지….

그런데 이 아름다운 것들을 보며 아이러니하게 왜 슬픈 생각이 드는 걸까. 이제껏 살아오면서 내가 나이는 먹었지만 나이를 신경 쓰지 않고 살았다고 할까. 나이 때문에 할 일을 못 한 적은 없으니까. 그리고 매사에 자신이 있었고 최선을 다하며 열심히 살아왔기 때문에 난 누구 앞에서나 당당했다. 그런데 오늘 왜 이렇게 허망할까.

사실은 여행 떠나기 며칠 전 남편이 내게 너무 서운하게 했던 일이 있어 여행을 접고 싶은 마음이었지만, 자식들이 어렵게 날짜 맞추어가며 애쓴 걸 알면서 안 가겠다고 하면 기껏 어렵게 주선한 자식들도 어이없고 맥 빠지게 하는 일이라 차마 말을 할 수가 없어 어쩔 수 없이 온 것이었다. 아마도 그 좋지 않았던 감정이 아직도 내 마음속에 자리한 탓인지도 모른다. 그런데 나 혼자만 상처를 입은 걸까, 남편은 까맣게 다 잊은 듯 어쩌면 저렇게도 밝고 즐겁기만 한지. 은근히 얄밉고 약이 올랐다. 힐링이 될 만큼 이 아름다운 정경에 나 혼자 서글퍼지는 건 정말 내가 나이를 먹긴 먹었나 보다.

요즘 시쳇말로 '딸 둘에 아들 하나는 금메달!'이라고들 한다. 그러니 나는 금메달인 걸까. 게다가 이 금메달 삼 남매가 감사하게도 모두 제짝들을 잘 만나 여유 있게 다들 잘 살고 있고, 다행히 우리 부부도 자식들에게 의존하지 않아도 최소한의 문화생활과 틈나면 해외여행도 자주 한다. 여유를 즐길 만큼의 경제적인 능력도 있어 늘 감사하는 마음으로 살고 있는 편이라 주위에서는 '팔자 좋은 여자'라고 부럽다고도 한다. 그런데 오늘 이 좋은 곳에서 왜 외롭고 서글프다는 생각이 드는 건지….

아름다운 바다와 야자수가 어우러져 낭만이 물씬 묻어나는 보라카이에서 유독 나 혼자인 듯 더 슬퍼지는 건 센티멘탈, 아니 나이가 드는 늙음의 과정인가. 갑자기 추수 끝난 빈 들녘에 쓸모없이 서 있는 허수아비같이 허무하다는 생각이 들었다. 마라톤 선수가 땀 흘리며 그 긴 코스를 힘들게 완주한 후의 마음 같다고 해야 할까. 사람은 누구나 고독한 존재라고 한다. 친구가 있어도 사랑하는 사람이 곁에 있어도 자신만의 깊은 곳에 외로움을 느낀다고 한다더니. 호텔에서 그것도 한낮에 혼자 가만히 앉아있으니 호텔의 고요와 적막이 괜한 나를 고독하게 했나 보다. 아니면 아마도 나의 사치한 낭만인지도 모른다.

올여름 피서! 아름다운 보라카이 여행을 시켜준 자식들에게 고마웠다. 특히 큰사위와 작은사위, 며느리에게 고마웠다. 온 가족 많은 대식구가 같이 해외여행을 함께하기란 쉽지 않다. 물론 돈이 많이 들었을 것은 당연지사일 것이고, 사업하는 두 사위와 직장 다니는 아들의 입장이 다 다르니 날짜 맞추기도 어려웠을 터였다. 결국 초등학교 교사인 며느리와 손주들의 여름방학으로 날짜를 맞췄다고 한다. 각박한 세상에 우리 자식들은 며느리까지도 늘 부모를 염려해주고 항상 편하게 해주려는 마음으로 매사를 배려해주니 고마웠다. 더욱이 우리 자식들의 우애友愛는 남달리 돈독하여 틈나는 대로 삼남매끼리 정답게 서로 자주 만나니까 손주들 간에도 친형제같이 사랑하며 정답게 지내주어 더 고맙고 감사했다.

농사農事 중에 제일 어려운 농사가 '자식 농사'라고들 한다. 내 속으로 낳은 자식인데도 부모가 뜻한 마음대로 잘 안 되기 때문에 자식농사가 어렵다는 건데, 그런걸 보면 내가 자식농사는 참 잘 지었나 보다. 새삼 내 자식들에게 고맙고 감사했다. 어느 부모나 다 그렇겠지만 내가 어디에서나 하루도 빠짐없이 항상 잊지 않고 열심히 꼭 하는 일은 기도하는 일이다. 우리 가족 열세 식구의 몸과 마음이 언제나 건강하도록 해 주시고, 하고자 하는 일들이 잘 이루어질 수 있도록 도와주시기를 바라며 이들에게 늘 평화와 은총이 함께하도록 날마다 기도한다. 사랑하는 내 자식들. 우리 열세 식구가 총출동한 보라카이 가족여행. 너희와 함께한 이번 필리핀 여행은 이제까지의 어느 여행보다 참으로 의미와 보람이 있고 즐거웠단다. 얘들아, 고맙다! 사랑한다. 우리 가족 파이팅!

하루의
시작
05

보통 사람 되기
매력적인 60대
나이 먹을수록 당당하다
하루의 시작
달라진 학교 급식
경주와 한의원
다시 가보고 싶은 스페인
다워이즘
행복지수

보통 사람 되기

'보통 사람'이라는 것이 이렇게 행복한 것인 줄 예전엔 정말 미처 몰랐다. 누구나 말하는 보통 사람은 평범하게 즉 아버지 어머니가 계시고 형제가 있고 자기 집이 있고 기본적인 최소한의 문화생활은 할 수 있는 집. 그러니까 돈이 아주 많은 부자도 아니고 그렇다고 가난하지도 않은 평범한, 그런 가정에서 생활하는 사람들이 '보통 사람'이라고 생각한다. 그러나 흔히들 여기서 더 위를 쳐다보고 화려한 고급주택에서 안락하게 살기를 추구한다. 그래서 더 많이 돈을 벌어 잘 살려고 하는 것이 모든 사람의 욕망이고, 그 욕심은 끝이 없다. 나도 그중의 한 사람으로 이제껏 별 탈 없이 평범하게 살아왔다. 극히 보통 사람으로 살아온 내가 이렇게 행복한 사람이란 것을 오늘 강의를 통해서 새삼 깨달았다.

나이가 들어가면서 생각하니 머리가 너무 비어 있는 것 같아 늦깎이 대학원생으로 문예창작과의 시詩전공으로 들어갔지만, 이번 학기엔 추가로 '소설 창작' 강의를 더 듣고 싶어 수강 신청을 했다. 교수님이 내준 첫 과제가 '콤

플렉스'였다. 각자 나와서 발표를 하는데 이럴 수가 있나. 수강생 삼십여 명이 어쩌면 하나같이 사는 환경이 그렇게 기막힌 사연들을 담고 있는지 자기가 써온 것을 읽으면서도 목이 메어 못 읽는 사람에, 눈물을 흘려가며 발표를 하는 사람, 거짓말 같은 사연들에 놀라고 아연해서 머리가 벙벙했다. 할아버지 대代에서부터 첩을 얻어 가정이 엉망이 된 사연. 아버지가 납치당했다가 돌아와서 고통받은 사람. 첩의 자식으로 태어나 마음이 상처뿐인 사람. 세 살 때 아버지가 돌아가시고 어머니가 다시 재가하여 사는데, 계부 때문에 생긴 어머니의 우울증으로 인해 어이없게도 부모를 증오하는 이상한 딸이 된 사람. 또 고아와 다름없이 커서 세상을 원수 보듯 하는 사람. 너무나 가난하여 이리저리 연명하며 커 온 사람. 아버지가 감옥에 갔다 온 사람 등등. 그중에 더욱 놀라운 것은 동료들과 잘못 어울려 자기의 처녀성을 잃은 것을 부끄럽기는커녕 오히려 성폭행으로 당당하게 여러 사람 앞에서 말하는 여학생의 모습이었다. 이 학생은 엄마가 계모였다고 한다. 아무튼 정상적인 평범한 보통 가정이 아닌 별의별 기구 절창한 사연들을 가진 사람들이 다 모인 것 같았다. 소설 같은 이야기로 쓸거리가 많아 소설 반에 들어왔나 보다. 이들에 비하니 지극히 정상적인 내 환경이 너무도 평범해서 특별하게 내세워 얘기할만한 것이 없었다.

우리 주위에 이토록 가슴 깊이 아픈 상처를 갖고 사는 사람이 이렇게도 많은가 싶었다. 그리고 다시 한 번 내 부모님이나 지금 우리 가정이 얼마나 행복한지, 얼마나 감사한지도 새삼 느끼게 했다. 내 친정아버지가 첩 같은 건

얻지도 않았고 우리 형제들을 가난하게 힘들게 하지도 않았다. 오히려 귀하게 사랑 속에서 잘 키워 시집 보내주신 친정 부모님께 감사하고, 지금은 평범한 내 남편과 이젠 모두 출가하여 잘 살아주고 있는 우리 아이들에게 고마웠다.

보통 사람이 된다는 것! 그 보통 사람 되기가 정말 참 어려운 거라는 걸 나이 육십 줄에 들어서야 깨달았으니. 자기의 운명을 어찌 일부러 만들 수가 있으랴! 부모를 만나는 일이 선택할 수 있는 일이 아닐진대, 사별死別하는 일도, 또 태어나는 일도, 이 모두가 사람 마음대로 되는 것이 아닐 테니까 말이다. 회식 때면 소설 반 학생들은 모두가 하나같이 남자나 여자나 술도 잘 먹고 담배는 기본인 듯 잘도 피워댄다. 아마도 마음의 상처들, 그 아픈 마음들을 담배 연기로라도 뿜어내야 해서일까. 나는 환갑이 되어도 철이 덜 든 할머니인가 보다. 나이가 육십이 되어도 세상일에 아직도 내가 모르는 새로운 세상이 또 있고 또 있으니 말이다. 참 많이 느끼고 또 많이 배운다. 그러나 만족한다. 뒤늦게 젊은 사람들 틈에 끼어 공부하기 힘든 늦깎이 학생이지만, 이 나이에도 배우고 싶다는 왕성한 의욕이 남아있다는 것에 나 자신이 기특하다. 진작 이렇게 공부하는 것이 재미있었으면 젊어서 학교에 다닐 때 전교 1등 모범생은 맡아놨을 텐데 말이다.

아무튼 사람이 태어나서 살아가는 과정엔 참으로 평범하지 않은 여러 모습이 있다. 그러나 여러 형태의 삶이지만 주어진 자기 삶에 나름대로 최선을 다해야 한다고 생각한다. 나는 오늘 강의시간을 통해서 많은 것을 느꼈다. 그리고 이런 모든 상황 속에서 내가 지극히 평온하고 행복한 사람, 보통 사람일 수 있다는 것에 또 한 번 감사하며 더욱더 성실히 겸손하게 살아야 함을 느끼게 된다.

매력적인 60대

흔히들 인생은 60대부터라고 한다. 이건 위로의 말이 아니다. 나도 60대가 인생에서 제일 매력적인 나이라고 생각한다. 많은 사람이 말한다. '내가 10년만 젊었어도…', '내가 20대라면….' 또는 '다시 젊어진다면 얼마나 좋을까.'하고 다시 젊어지기를 희망한다. 하지만 나는 60대가 너무나 좋다. 늙지도 젊지도 않은 중늙은이인 지금이 정말 좋다. 부담 없고 자유스러운 황금 같은 60대를 사랑한다. 다시 젊어져 처녀 시절로 돌아간다고 해도 어휴, 생각만 해도 힘들고 싫다. 이 매력적인 나이를 더 멋있게 더 오래 지속시키려면 몸과 마음을 건강하고 아름답고 즐겁게 그리고 내실하고 품위 있게 살아야 한다.

지금은 시대가 바뀌어서 시집 장가갈 때 부모가 살림은 물론이고 집까지 사주거나 아니면 전세라도 얻어주어 신접살림부터 제법 기반이 잡혀 경제적으로 힘 안 들이고 출발이 쉽다. 허나 우리 세대만 하더라도 거의 전세라야 겨우 방 한 칸부터 시작하는 게 보통이었다. 둘이 열심히 저축하여 방 한 칸에서 두 칸, 두 칸에서 독채 전세로 가면 마치 내 집이나 된 듯 좋았다. 그러다가 작은 평수의 아파트로라도 내 집 장만할 때의 그 기쁨은 눈물 벅찬 감동이 된다. 집을 늘리고 없던 살림을 하나둘씩 더 사들일 때의 그 행복감을 신혼부터 더 장만할 것 없이 모든 것을 갖추고 시작하는 요즘 사람들은 모르리라. 층계를 올라가듯 한 계단, 한 계단 저축하고 맞벌이로 달음박질하듯 아이 키워가며 살림을 일구느라 정신없었던 젊은 날들. 아이들이 고등학교 3학년일 때는 도시락 몇 개씩 싸느라 정신없었고, 수능이 있기 전엔 대학교 입시 준비로 밤 12시까지 운전대를 잡고 아이들을 데리러 다녀야 했다. 대학 졸업하고 나니 취직해야 하고 시집, 장가보낼 일에 머리가 깨질 지경이었다. 금쪽같은 우리 아이들 셋, 나는 이런 일을 세 번씩 하면서도 그때는 전혀 힘든 줄 몰랐다. 나뿐 아니라 모든 엄마가 다 그랬겠지만, 참으로 오직 내 아이들만을 위해 열심히 뛰며 살았다. 지금 생각하면 어떻게 그렇게 철인처럼 살았었는지 나 스스로 대견함을 느낀다. 그때는 참으로 할 일이 많았다. 그러다 보니 어느새 반평생이 후딱 지나가 버렸다.

지금의 나, 얼마나 여유롭고 한가로운가. 우리 아이들 모두 제 짝 찾아 시집, 장가 다 보냈고 다들 잘 살고 있다. 앵앵 울며 젖 달라는 어린애 없으니 동동거릴 일도 없고, 걱정의 연속인 대학 입시 때문에 동분서주 애태울 일도 없다. 해외 나들이를 다녀도 아이들 걱정, 집 걱정 안 해도 되니 얼마나 편한가. 요즘 나는 행복하다. 이제는 나 자신을 위해 나름대로 계획을 세워 실행하고 있다. 하고 싶은 것도, 배우고 싶은 것도 참 많다. 등단한 지는 꽤 됐는데 시집도 몇 권 더 내야 할 것 같고, 수필집도 내려면 열심히 더 써야 할 것 같다. 우리 아파트 피트니스에는 수영장까지 있어서 특별한 날 외에는 날마다 한 시간씩은 늘 수영을 한다.

간단한 시장도 봐오고 운동도 하려고 작년에 자전거를 샀는데, 연습하다가 몇 번이나 넘어져 다친 후로는 겁나서 베란다에 모셔두고 있지만 다시 노력해볼 생각이다. 그리고 여학교 때 음악 선생님께서 가끔 바이올린을 켜며 들려주시던 「트로메라이」가 얼마나 감미롭고 멋있었던지, 지금도 생생하여 바이올린도 배우고 싶다. 그래서 칠순 때 온 가족이 모여 음악회도 하고 싶은 마음이다. 우리 큰사위와 아들은 기타를 잘 치고 노래도 잘한다. 둘째 사위는 첼로를 했었고 딸들은 피아노, 며느리는 초등학교 교사이니까 지휘를 하면 될 것이고 우리 내외와 손주들은 노래를 하면 훌륭한 음악회가 되지 않을까? 물론 내 혼자의 생각과 계획이지만, 아무튼 이 황금 같은 60대가 영원했으면 좋겠다.

지금이 좋다는 나에게 주위에서 묻는다. 아무렴 젊은 것이 좋지 60대가 뭘 좋으냐고. 그럴 때마다 나는 이렇게 말한다. "다시 처녀 시절로 돌아갈 수 있다고 해도 난 지금이 더 좋아요. 어떤 사람을 만나 시집을 가야 하나 고민해야 하고 자식 낳을 걱정, 갓난아기 키울 걱정, 대학 보낼 걱정, 시집, 장가보낼 걱정…. 어휴! 힘들어서 싫어. 이제 그 힘든 과정을 다 끝낸 지금이 얼마나 홀가분하고 편한데. 지금이 참 좋아요. 이제 그 과정을 다시 하라고 하면 못할 것 같아요. 그땐 어떻게 그렇게 했는지 몰라. 아휴, 생각만 해도 힘들어. 요새 아이들 말로 지금이 딱 좋아요. 다만 이대로 세월이 멈췄으면 좋겠어요. 더 늙지만 말고 그냥 이대로 자유를 만끽할 수 있는 중늙은이로 있게만 해주시기를 바란다고요!" 고로 이렇게 편하고 자유로운 60대를 나는 사랑한다. 그리고 행복하다.

나이먹을수록 당당하다

며칠 전 피트니스에서 수영을 끝내고 옷을 입으려는데 한쪽에서 늙지도 젊지도 않은 중년 후반의 아주머니들끼리 서로 통성명하며 나이를 묻고 있었다. 그런데 한 여인이 대답을 회피하며 "아이, 나는 나이가 너무 많아 부끄러워요."하며 죄지은 듯 고개를 숙인다. 그래도 굳이 몇 살이냐고 묻는데 여인은 몸만 꼰다. 가만히 있어도 되는데 아는 얼굴도 있어 끼어들었다. "아니, 아주머니 나이 많은 게 뭐가 부끄러우세요. 오히려 더 당당해야죠. 이제까지 살아오면서 하신 일이 얼마나 많으세요. 자식들 낳아 길렀고, 힘들게 공부시켜 시집 장가도 보냈지요. 게다가 며느리로 주부로 엄마로 아내로 얼마나 큰일들을 많이 했는데, 그러노라 세월이 갔을 뿐인데 왜 나이 많은 게 부끄럽습니까? 우리들의 이 주름은 거룩한 훈장입니다."라고 했더니, 내 말이 끝나기가 무섭게 모여 있던 여인들이 일제히 박수를 치면서 "그렇지요, 그렇지요."하고 맞는 말이라며 깔깔거리고 한바탕 웃은 일이 있다.

나이 든 여인일수록 위대하다고 생각한다. 세상의 어머니들이 다 그렇지만 특히 우리나라는 나이 든 여인일수록 더 존경받아야 한다. 이제껏 살아오면서 오로지 가정을 위해서 남편을 위해서 자식을 위해서 누가 시키지도 않았는데 불철주야 헌신 봉사한다. 그러노라 자기 자신은 미처 돌볼 틈도 여유도 없다. 그렇게 긴 세월 동안 할 일을 다 했으니 이젠 자신을 위해 투자해도 된다. 그토록 열심히 살았는데도 어느 누가 가령 거룩한 엄마상賞이라든지, 보석 같은 아내상賞 같은 걸 주는 이도 없다. 당연한 듯 아무도 상을 주지 않으니 우리 스스로 자신에게 상을 주어야 한다. 남편 자식에게만 먹이던 보약도 이젠 나를 위해서도 지어먹고, 멋진 여자로 거듭날 수 있도록 아름답게 자기 자신을 가꾸고 보살피며 위해주는 상이라고 할까. 이제부터 남은 세월을 자신을 위해서 사는 것이다. 내가, 아니 주부가 건강해야 집안이 건강하고 평화롭다.

이제는 과감히 자신에게 투자하며 누려도 된다. 젊은 사람은 꾸미지 않아도 젊음 자체로 빛나고 아름답지만 나이 든 여인은 꾸미고 가꿔주어야 한다. 이십 대의 싱싱한 젊음을 되찾아 올 수는 없지만 오히려 성숙하고 노련한 아름다움으로 빛날 수 있다. 나이가 들어갈수록 깨끗한 옷으로 환하고 우아하고 더욱 고급스럽게 입어야 한다. 가끔 좋은 분위기에서 음식도 먹고 음악을 감상하며 아름다운 곳을 여행해 여가를 선용하는 것이다. 취미생활로 심성을 도야하고 그동안 못 읽었던 책도 읽고 여유를 즐기며 삶을 음미해보는 것. 평생 열심히 산 대가로 이런 것들을 충분히 누릴 수 있는 자격이 있다. 이제부터다. 그러려면 건강해야 한다.

노년을 위해서 운동은 필수다. 무슨 운동이든 자기에게 맞는 운동을 찾아 하면 된다. 하기 싫어도 '이것이 약이다.'라고 생각하고 억지로라도 시작해서 날마다 해야 한다. 그래야 미처 돌보지 못하고 살았던 내 몸의 건강도 회복할 수 있다. 꾸준히 운동하면 자연히 건강해지는 건 기정사실이니깐. 앞으로 더 나이 들어가며 자꾸 몸이 아프다고 하면 처음에 몇 번은 남편과 자식들이 놀라서 신경 쓰지만 매번 아프다고 누우면 긴 병에 열부, 효자 없다고 결국 혼자 외롭고 슬퍼지기 마련이다. 그러니 미리미리 운동으로 건강을 다져놓으면 모두가 편하고 행복하다. 운동을 하면 우선 피부에 탄력이 생기게 되고, 몸매도 차차 균형이 잡히면서 날씬해지니까 마음이 즐거워진다. 마음이 즐거우니 명랑해지고 활력이 넘치며 매사 밝고 진취적이고 생각도 긍정적인 사람이 되는 것 같다.

날마다 1시간씩 운동에 투자하라. 나는 내가 하는 모든 운동에 나 스스로 정해놓은 규칙이 있어 그대로 실천하려고 노력한다. 예를 들면 우선 걷기, 헬스, 수영을 하는 세 종목 중에 기분에 따라 그날 하고 싶은 운동을 택해서 하는 것이다. 단, 걷기를 할 때는 내가 정해놓은 코스에 내 걸음 속도 분속 100m로 언제나 혼자 걷는다. 여럿이 같이 걸으면 친교도 되고 정다움은 나눌 순 있지만 속도를 같이 맞추어야 하니 운동이 아니라 산책이 되니까 운동이라고 할 수 없기 때문이다. 헬스를 할 때도 모든 기구운동이 끝난 후 남들이 많이 하지 않는 거꾸로 매달리기도 내 몸에 좋아 내가 정해놓은 것이니, 귀찮지만 의무라고 생각하고 10분씩 꼭 하고 나온다. 수영도 마찬가지 수영장에서도 나 자신에게 정해놓은 규칙이 있다. 시작하는 시간을 보고 입실하여 물속에 들어가면 한 바퀴씩 쉬어가면서라도 일단 30바퀴를 돌아야 하는 것을 기본 의무로 정해놓았다. 그다음 더 하는 건 보너스다. 정리운동으로 마무리 스트레칭 10분까지 해서 시작 1시간 후의 그 시각에 나오는 것이다. 그런데 어느 날은 정말 왜 그렇게 힘들고 하기 싫은지, 몇 바퀴를 돌고 시계를 봐도 시간이 안 가고 또 몇 바퀴를 돌아도 시곗바늘이 멈춘 것 같을 때가 있다. 그럴 때는 '그래, 이것이 약이다, 약 대신이야. 아파서 약 먹어야 하는 것보다는 낫겠지.'하고 자신에게 명령하고 힘을 주며 수영을 마치고 나올 때도 많다. 그런데 그렇게 하기 싫은 운동 억지로 했어도 운동 후는 역시 몸이 개운하며 가볍고 기분이 정말 좋다. 몸이 먼저 아는 것 같다.

등산도 한 달에 한두 번은 참가한다. 서울 교육삼락회 등산부에서 연간계획표를 만들어 매주 목요일마다 등산을 하는데, 3~4시간 정도의 적당한 산행을 하고 하산 후 식사를 하고 파한다. 등산은 온몸 운동이다. 피톤치드에 힐링까지 되는 참 좋은 운동이다. 나이가 아주 많고 걷기가 힘드신 분은 안 되지만, 걸을 수만 있으면 웬만한 야산이나 자기 집 가까운 앞산이라도 등산은 하라고 권장하고 싶은 운동이다. 대자연과 함께하며 고맙게도 심신까지 정화해주니 얼마나 감사한 운동인가.

여행으로 인생의 휴식을 취하라. '여행은 가슴이 떨릴 때 해야지 다리가 떨리면 이미 늦었다.'는 말이 있다. 그동안은 남편과 자식 뒤치다꺼리에 정신없이 내 시간이라고는 없었지만 이젠 빽빽 우는 젖 주어야 할 아기도 없고, 자식들 시집 장가 다 보내 큰 신경 쓸 일 없으니 남편이나 친구와 함께 여행도 하며 인생의 휴식을 취하는 것도 좋다. 숨 가쁘게 살아오며 겪은 많은 일도 남편이나 친구들과 함께 옛이야기처럼 같이 웃으면서 여유 있게 이야기할 수 있어서 좋다. 여행은 사람을 꿈꾸게 하는 낭만이 있다.

나이 상관없이 소녀같이 마음 설레게 하고 행복하게 한다. 자동차를 타고, 기차를 타고, 또 배를 타고, 비행기를 타고 가는 여행. 지역마다 다른 모습의 산과 들과 말씨, 그리고 음식들. 또 나라마다 다른 집과 풍습과 생김새, 역사를 보고 들으며 관광을 한다는 것은 행복한 일이다. 국내여행이나 외국여행이나 지구 위 어디를 가든 푸른 바다와 하늘, 구름, 싱그러운 바람이 있어 얼마나 아름다운가. 우리에게 말없이 주기만 하는 자연이 고맙고 감사할 뿐이다. 이렇게 위대한 자연을 음미해가며 인생의 쉼표를 찾아 자신을 호사好事시켜줘도 된다. 이제는 누가 뭐라 할 수 없다. 남편도 쾌히 동조해 줄 테니까.

나의 격을 높이는 문화생활로 생활화해라. 어렵게 생각할 것 없이 우선 시간이 나는 대로 극장에 가서 영화 관람을 하는 거다. 남편과 함께 극장에 가서 영화감상을 한다. 시작하는 시간을 미리 알아보고 가는 것이 좋지만, 그냥 아무 때나 가서 표를 끊어놓고 시간이 어중간할 때는 막간을 이용해 식사를 한다든지 아이쇼핑을 하다가 혹 마음에 드는 게 있으면 사는 것도 재미있다. 요즘은 주민 센터나 백화점 문화센터에서 저렴하게 무언가를 배울 수 있는 기회가 얼마든지 있다. 시간이 없어 못 했거나 몰랐던 자기의 소질을 찾아 취미생활을 즐길 수 있다.

붓글씨를 한다거나 수채화나 유화 등 그림을 그려도 좋고, 늦었다 생각 말고 일어日語나 간단한 영어 회화 등을 배울 수도 있다. 움직이며 운동도 되는 라인댄스, 스포츠댄스 등 여러 가지 춤을 배울 수도 있고 노래 부르기엔 가곡이나 팝송도 있다. 차분히 생각하며 쓰는 글쓰기 창작도 있으니 골라서 해도 좋을 것 같다. 중요한 것은 나이가 들어갈수록 무엇인가를 꼭 해야 한다는 것이다. 귀찮아도 무언가 하는 날로 정해놓으면 어울려서 억지로라도 하게 되니까 늘어지지 않고 긴장하게 된다. 그러면 치매도 예방되고 활력이 생겨 명랑하며 심신이 건강해진다.

인생에서 황금기는 60살에서 80살 전까지가 아닐까 한다. 60살까지는 아무래도 남편, 자식에 매달려야 하고 자유롭기는 힘들다. 하지만 적어도 이젠 남편들도 거의 퇴직해 묶여있던 것에서 해방되어 자유로우니 이 황금기를 만끽할 수 있는 인생계획을 남편과 함께 의논하여 잘 세워야 한다. 인생 2모작! 유용하고 현명하게 제2의 인생을 더 아름답게 누리는 것이다. 지知, 덕德, 체體를 갖추도록 노력하며 부부를 위해서도, 각자 자신을 위해서도 서로 존중하며 건강하고 멋지게 살아가야 할 것이다.

요즘 100세 시대라고 70세는 초년, 80세는 중년, 90세가 노년이란다. 앞으로 우리가 언제 세상을 떠날지는 모르지만 오랫동안 살면서 자식들에게도 민폐를 끼치지 않으려면 죽는 날까지 아프지 말고 건강하게 살다가 가야 할 것 아닌가. 그러니 게으름 피우지 말고 열심히 꾸준히 운동하며 깨끗하고 정갈하게 몸과 마음을 다스리며 건강하게 살아야 하겠다.

결코 나이 먹은 게 부끄러운 일이 아니며, 중년 이후의 여인들은 누구에게나 훌륭하게 대접받고 존경받아 마땅하다. 여인의 얼굴에 주름살이 늘어날수록 빛나는 거룩한 훈장이라 생각하고 자기 자신과 모두에게 당당하고 자랑스럽게 여겨야 할 것이다.

하루의 시작

매일 아침 눈을 뜨면 안방 앞 베란다의 화초들이 환하게 먼저 나를 반긴다. 그래서 내가 제일 먼저 하는 일은 아침부터 나를 행복하게 해주는 이 화초들의 활짝 핀 꽃을 일일이 쓰다듬어주며 입맞춤의 인사로 하루를 시작하는 것이다. 시클라멘, 석죽, 아기별꽃, 가시꽃, 구근초, 스파트와 꽃이 필 때면 공작새의 꼬리처럼 화려하고 아름다운 계발선인장 등. 이들에게 '꽃을 피워줘서 고마워.'라고 인사한다. 겸손하고 우아한 자태로 나에게 많은 생각을 주는 난蘭. 또 팔손이랑 아라카야 야자, 폴리, 벤자민, 바킬라, 은사철 등에게도 '날마다 싱싱하게 잘 커 줘서 고맙다.'라고 말해준다.

이 중에 '군자란'은 내 집에 온 지가 벌써 20년이 넘었다. 해마다 어김없이 주황색의 탐스럽고 화려한 꽃을 피워주어 얼마나 우리를 행복하게 해주는지 고맙기 그지없다. 재작년 서울에서 이곳 용인수지로 이사 올 때 이삿짐센터 아저씨가 '화분을 차에 싣는 것이 문제네요.'하는 소리까지 들으며 그 무거운 화분들을 모두 여기까지 끌고 왔는데 웬일인지 물주기도 힘들고 관리하기도 귀찮아서 이곳의 새 이웃들에게 모두 나누어 주었다. 화분들이 없으니 베란다가 시원하고 더 넓어 보였다. 하지만 그 넓은 베란다가 썰렁해 보였는지 생전 화분에 물 한번 주지 않는 우리 집 양반이 '그 군자란인가 하는 화분은 해마다 피는 꽃이 탐스럽고 좋던데, 그건 그냥 놔두지 그랬어.'하며 아쉬워하기에 할 수 없이 염치 불고하고 양해를 구해 그 군자란만은 다시 찾아왔다. 그런데 휑 하니 넓은 베란다에 군자란만 달랑 혼자 있으니 오히려 더 썰렁하고 외로워 보였다. 그래서 다시 하나둘 화분들을 사들인 것이 지금은 이렇게 많아졌다.

시클라멘은 그 춥던 작년 겨울 너무 추워 잎이 축 늘어지고 다 죽어가는 것 같아 아예 잎을 모두 뜯어낸 채로 관심 없이 놓아두었었는데, 봄 들어 신통하게도 다시 싹을 내고 꽃을 피워주었다. 스파트도 거의 얼어서 잎이 제 색깔을 잃었기에 아예 더 잘라내고 봄이 되면 그 화분에 다른 걸 심어야겠구나 생각하고 화분 갈이 할 양으로 관심 없이 그냥 놓아두었던 건데 웬일로 뿌리가 살아있었는지 봄이 되자 파랗게 싹들이 올라오고 있는 것이 아닌가? 얼마나 기특하던지. 화분의 흙이랑 모두 쏟아 내버렸으면 어쩔 뻔 했나, 살아있던 그 뿌리들이 나를 얼마나 원망했었을까 생각하면 정말 얼마나 다행스런 일인지. 화분 가득 파란 싹이 소복한 스파트가 고맙기까지 했다.

팔손이도 작년까지는 점잖게 있더니 웬일로 올해 들어 여기저기서 귀여운 아기 손바닥 같은 싹을 삐쭉삐쭉 내밀기 시작해서 이젠 푸름을 한껏 자랑하며 커다란 잎으로 온몸을 감싸가며 큰 나무가 되었다. 벤자민도 질세라 이곳

저곳에서 병아리 주둥이처럼 생긴 연두색 아기 잎들을 뾰족이 내밀며 소란스럽다. 아마도 나는 아침마다 이 화초들의 도란거리는 소리에 잠을 깨는지도 모른다.

말없이 우리에게 사랑을 주는 꽃과 나무들과 화초들을 보며 자연은 참 오묘하다고 생각한다. 잎이 졌는가 하면 떨켜로 무장하며 새잎이 나오고 영영 죽었는가 싶으면 또 어느새 새싹도 틔우고…. 연약하게만 보였던 시클라멘도 추운 겨울을 이겨내고 다시 살아나 자랑스럽도록 아름다운 빨간 꽃을 피워주는 것처럼 이렇게 말없이 묵묵히 자기 할 일을 어김없이 다하며 철 따라 우리에게 베푸는 자연! 어쩜 이런 오묘함까지 창조하셨을까.

우리가 살아가는 것도 우리의 의지가 아니라 오직 섭리대로 살아갈 뿐이라는 걸 자연을 보며 또다시 느낀다. 잎은 죽어 없어졌어도 뿌리가 살아있어 다시 싹을 내는 나무와 꽃들을 보면서. 늘씬하게 쭉 뻗어 올라 우아한 흰 꽃을 피우는 스파트, 이 아름다운 꽃을 보는 이로 하여금 착한 심성과 사랑을 느끼게 해 주는 것처럼. 또 연약함을 무릅쓰고 혹독한 겨울 추위도 이겨내며 우리에게 정열의 꽃을 피워 사랑을 주는 시클라멘처럼. 인간은 모름지기 자연自然에서 베풂과 사랑, 행복과 섭리를 배운다. 나도 이처럼 섭리에 순응하며 성실히 살아가리라.

나이가 들어가면서 느낀다. 나 자신과 남을 사랑한다는 것이 결코 쉽지 않은 일이라는 것을. "세상 살아가는 것을 날마다 '오늘이 끝이다.'라는 생각으로 살아간다면 실수가 없고 잘 사는 인생이 될 거야."라는 어느 어르신의 말씀대로 이제는 나 자신에게 좋도록 맞추기보다는 내가 상대방에게 좋도록 맞추어주려고 노력하는 편이다. 미운 생각이 들 때는 생각을 돌려 그 사람의 좋은 점을 찾아보려고 애도 써본다. 물론 쉽지 않은 일이고, 욱하는 성질 때문에 참기 어려운 일이지만 애써 참아도 본다. 살아갈수록 나잇값 하기가 참 어렵다.

나눔도 그렇다. 사람은 누구나 욕심이란 것이 본능적으로 마음속에 깔려 있기 때문에 우선은 '내가 먼저'이고 조금 여유가 생기면 하지, 하는 마음이 된다. 그러나 이제는 아깝다는 생각보다는 그 어르신의 말씀을 되새겨보며 큰 것이 아니라 아주 작은 것이라도 우선 실천하는 것이 '나눔의 사랑'이라는 것을 느끼고 알았다. 내 영원에 저축한다는 마음으로 내 영원한 삶에 투자한다고 생각하면 마음이 좀 편할 것이다. 줄 수 있는 여유에 감사하고 줄 수 있다는 그 마음은 곧 나의 행복이니까. '생각을 바꾸면 삶도 바뀐다.'는 말이 있으니까.

일 년 중 내가 제일 좋아하는 촉촉한 봄! 이런 날 나는 가끔 내 방 흔들의자에 편히 앉아서 창밖의 풍경 보기도 좋아한다. 흔들흔들 조용히 앉아 창밖을 바라보며 명상도 하고 이런 시간이 참 행복하다. 새소리가 들리고 싱그럽게 부는 바람이 있고 눈앞에 아기의 미소처럼 예쁜 연두색 어린 새싹들이 돋아나는 푸른 산과 들, 파란 하늘이 있는 녹색의 장원을 만끽하면서. 아파트 담보다 키가 훨씬 커 담 너머로까지 훌쩍 뻗어 화사하게 핀 벚나무들과 어우러진 푸나무들의 향연. 게다가 라일락의 향기까지! 환상이다. 만물이 생동하고 사람들의 마음까지 싱그럽게 하는 봄. 그래서 이 봄이 참 좋다.

오늘도 건강한 몸으로 이렇게 좋은 대자연의 상쾌한 아름다움을 온몸으로 느끼며 행복한 하루를 시작하게 해주시는 저 높이 계시는 분께 감사드린다. 해마다 어김없이 화려하고 탐스러운 꽃송이로 행복한 웃음을 주는 행복 전도사인 군자란같이 자연의 섭리대로 순응하며 겸손하게 살아가리라. 조용히 인내하며 사랑을 나누며 베풀 줄 아는 그런 사람으로 거듭나도록 노력하며 살아가리라고 마음먹어본다.

달라진 학교 급식

1960년대니까, 지금으로부터 거의 한 4, 50년 전쯤인가. 내가 햇병아리 교사였던 시절이다. 모두 어려운 때였다. 학생들이 솔가지나 삭쟁이 등 나뭇가지들을 가지고 와서 난로를 피울 때였고, 먹을거리가 흔하지 않을 때라 학교에서는 급식으로 '옥수숫가루'를 나누어주었다. 어느 집에서는 학교에서 받아오는 그 옥수숫가루를 모아 엿을 만들어 팔아서 가용 돈으로 쓰기도 했다는 이야기도 있었지만, 오죽 돈이 없었으면 그랬을까 싶었다.

학교에서는 그 옥수숫가루를 급식으로 옥수수 죽을 쑤어 주기로 했다. 죽을 쑤는 것도 큰일이지만, 나누어 주는 것도 보통 일이 아니었다. 뜨거워서 퍼 주는 선생님이나 받는 아이들이나 엎지르고 데이고 날마다 급식시간이 전쟁터 같았다. 그래도 아이들이 맛있게 먹는 걸 보면 힘들었던 것은 잊어버리고 흐뭇하기만 했다. 죽 쑤는 일이 번거롭다는 걸 당국에서 알았는지, 급식을 옥수숫가루로 주던 것을 '옥수수빵'으로 바뀌었다. 이제는 반 아이들 숫자대로 급식 빵을 받아와 아이들에게 한 개씩 나눠주기만 하면 되니까 편해서 좋았다. 그런데 여기서 가슴을 울린 찡한 이야기가 있다. 급식시간인데 유독 한 아이만 며칠이나 급식 빵을 안 먹기에 물어봤다. "왜 빵 안 먹어? 맛이 없니?" "아니요, 집에 있는 동생 갖다 주려고요." 가정이 어려워 점심을 거르기도 한단다. 그래서 먹고는 싶지만 배고픈 동생에게 갖다 주려고 참는다고 했다. 가슴이 아팠다. 앞으로는 여기 선생님 것을 네 동생 몫으로 줄 테니까 마음 놓고 먹으라고 했더니, 그제야 웃으며 허겁지겁 맛있게 먹었다.

그 후 미국 원조를 받아 '우윳가루 급식'으로 바뀌었다. 우윳가루가 들어있는 드럼통을 각 학년별로 배당하여 나누어 주었고, 학년에서는 드럼통 속에 들어있는 우윳가루를 자기 반 아이들 모두에게 퍼주고 옆 반으로 드럼통을 돌렸다. 드럼통이 반별로 차례로 돌다가 맨 끝으로 우리 반에 배당이 되던 날이었다 다른 반에서 퍼주고 남은 큰 드럼통에 거의 밑바닥에 있는 우윳가루를 간신히 푸다가 내가 거꾸로 드럼통 속으로 빠져 기절할 뻔했던 일도 있었다. 헌데 이 일도 쉬운 일이 아니다. 우유를 다 배분하고 나면 퍼주고 담아주는 과정에서 우윳가루가 날려 머리부터 발끝까지 하얗게 변하고 몸은 진이 빠진 듯 기운이 없었다.

여기서 또 우윳가루 급식과 관련된 재미있는 에피소드가 있다. 납작한 사각 알루미늄 도시락에 우윳가루와 물을 조금 넣어 반죽한 다음 찌면 굳어서 딱딱하게 된다. 알루미늄 도시락 속에 그 딱딱하게 굳은 우유 반죽을 가지고 다니며 조금씩 베어 먹기도 하고, 다 먹은 아이는 다른 아이 것을 더 먹겠다고 장난치며 뺏기도 해서 교실이 아수라장이 되기도 했었다. 우습기도 하고 눈물이 나기도 하는 가슴 아픈 이야기다.

그 후 몇 년간 뜸하다가 유상으로 간식 우유가 나왔다. 물론 가정형편이 어려운 아이 몇 명은 무상으로 먹였다. 그리고 오늘날 유상급식으로 학교 급식을 하고 있는 것이다. 물론 여기서도 반에서 가정형편이 안 좋은 몇 명의 아이들은 다른 아이들 모르게 무상급식을 해 오고 있었다.

문제는 1학년 아이들은 4교시 수업으로 끝나니까 하교를 하면 집에 가서 점심을 먹을 텐데, 굳이 학교에서 점심을 먹여서 보내는지 이해하기 어려웠다. 더욱이 점심 배식을 하기 위해서는 6학년 아이들을 4, 5명씩 조를 짜서 1학년 교실로 보내 도와줘야만 했다. 그 아이들은 1학년 아이들의 배식을 도와준 후에야 비로소 자기들 교실로 가서 뒤늦게 식은 밥을 먹어야 하니 맛도 없고 얼마나 배가 고팠을까. 6학년이라고 해봐야 그 아이들도 어리긴 마찬가지인데. 게다가 점심시간이 짧으니 불만일 수밖에 없었다.

그래서 한 방편으로 배식 도우미로 학부모들이 조를 짜서 도와주기로 하니, 직업이 있는 학모자는 아이 학교급식 때문에 직장에 결근을 할 수도 없고 이래저래 고충이 많았다. 결국 자기 반 급식은 담임이 책임지고 하기로 결정되었는데, 고학년 선생님들은 아이들 스스로 배식을 했지만 1학년 선생님들은 아이들의 식사지도 때문에 업무가 더 늘었다. 아이들 밥 먹이랴, 흘리고 엎지른 것 닦으랴. 안 먹고 편식하는 아이, 우는 아이 달래랴 정신없는 급식지도에 정작 교사 자신들은 점심을 어떻게 했는지 모를 지경이었다.

오전 수업이 끝난 1학년 아이들이니 각자 자기 집에 가서 밥을 먹으면 되는데, 집에 갈 아이들을 왜 붙잡아 밥을 먹여서까지 보내야 하는지. 이래저래 급식 배식에다 식사지도까지 선생님들 고생이 말이 아니다. 반대로 젊은 엄마들은 편해졌다. 학교에서 밥까지 먹여주겠다, 학교 마칠 시간에 꼭 집에 가서 아이를 기다리지 않아도 되고 그 시간을 자유롭게 볼일 보러 다녀도 되니까 말이다. 학교 급식 이제 이렇게 지난날을 돌이켜 보니 여러 가지 우여곡절도 많았다. 우리나라의 성장 과정과 함께 바뀌어온 '학교 급식의 변천사'라고 해야 할까, 마음 착잡하고 이것도 하나의 역사라고 생각된다.

경주와 한의원

남편이 "우리 옛날 생각 하면서 고적답사 겸 경주로 바람이나 한 번 쐬고 올까?" 하기에 좋다고 그렇게 하자고 해서 함께 길을 나섰다. 운전은 번갈아 가며 하고, 좀 피곤하면 고속도로 휴게소에서 맛난 것도 사 먹어가며 쉬엄쉬엄 차를 몰았다. 그러다 보니 어느새 차가 경주에 들어섰다. 아, 만감이 서리며 번쩍 생각나는 일이 있었다. 거의 사십 년 전 내가 울산에서 살 때의 일이다.

우리 친정은 딸이 많다. 셋째 언니를 낳았을 때 어머니는 아버지에게 소실을 보아서라도 아들을 낳으라고 말씀드리니 아버지는 딸도 다 귀한 자식인데 무슨 소리냐고 오히려 괜찮으니 몸이나 어서 추스르라고 위로를 해주어 어머니는 더 미안했었다는 이야기를 들을 정도로 아들이 귀했다. 그런데 그 후 네 번째인 나까지 또 딸을 낳았으니 어머니가 얼마나 기가 막혔을까. 헌데 다행히도 내 밑으로 남자 동생을 낳아서 우리 집엔 경사가 났고, 어머니는 걱정 끝 행복 시작이었다.

그런데 내 위로 친정 언니 셋은 모두 걱정 없이 아들, 딸 섞어가며 골고루 다 잘 낳았는데 유독 나만 내리 딸만 둘을 낳은 것이다. 내가 친정엄마 닮은 딸이 아닌가 싶어 자나 깨나 걱정이 태산이었다. 세상에 나와서 아들 한번 낳아보지도 못하고 가나 싶어 노심초사 걱정이었는데, 마침 같은 학년 선생님 한 분이 경주에 아주 유명한 곳이 있다면서 소개해 준 곳이 그 시절 전국적으로 유명해 사람들이 몰려오던 한약국. 바로 '대추밭 한약국'이었다. 아들을 간절히 원하는 사람들이 이 집에서 지어주는 한약을 먹고 아들을 낳았단다.

"선생님 경주 대추밭 한약국에 가면 아들 낳는 약을 지어준대요. 그 집 약을 먹으면 다 아들을 낳는답니다. 저도 몇 사람한테 들었어요. 속는 셈 치고 선생님도 한번 지어 드셔 보세요. 뭐 아들 낳으면 그보다 더 좋을 수 없이 선생님 간절한 소원 푸시는 거고, 아니면 보약 한 제 드신 셈 치시면 되잖아요?"

솔깃했다. 그분 말씀대로 아들만 낳는다면야 싶어 대추밭 한약국에서 어렵게 지어온 귀한 한약이었는데, 하루건너 홀숫날 먹어야 하는 걸 일하는 아주머니가 실수로 그만 약을 태워버렸다. 어쩌겠는가, 그 날짜에 먹어야 하니까 한밤중이든 뭐든 약 지으러 가야 했다. 자가용이 흔하지 않던 시절이라 화급하니까 남편의 회사 승용차를 내서 한달음에 경주까지 달려온 것이다.

"문 좀 열어주세요!" 자정이 넘어 남들 다 자는 한밤중이지만 난 예의도, 체면도 차릴 경황이 없었다. 대문을 쾅쾅 한참을 두드리니 겨우 사람이 나와 "이 한밤중에 웬일이냐."하고 하품을 하며 문을 열어준다. 안내를 받아 방으로 들어갔다. 한의원 선생님께서 어이없어 웃으시더니 다시 진맥을 하고 약을 지어주셨다. 아무튼 그 약을 먹어서인지는 모르겠지만 나는 소원대로 건강한 아들을 낳았다. 천지를 얻은 것 같은 기쁨으로 온 병원 사람들에게 선물 공세 소동까지 벌였던 기억이 난다. 참 엊그제 같은데 벌써 이젠 옛날얘기가 됐다.

너무 오랜만에 경주를 오니 그 한약국이 지금도 있는지, 어느 쪽에 있었는지도 모르겠다. 세월이 많이 지났으니 아마도 선생님은 돌아가셨겠다 싶었다. 벌써 사십 년이 지났으니 모든 것이 변하는 게 당연하지만, 경주는 다른 도시와는 아니 세계적으로도 감히 비교할 수 없는 찬란한 역사와 문화가 있는 자랑스럽고 소중한 곳이 아닌가. 헌데 한국 고유의 기와집들 뒤로 여기저기 어울리지 않게 아파트와 현대식 건물들이 같이 서 있는 게 보인다. 덕분에 고적이 많은 경주 고유의 모습에서 이질감을 느끼게 돼 안타까웠다. 불국사 앞의 주변이나 들어가는 길도, 경내도, 토함산 가는 길 쪽 등 모두 현대적인 손길로 더 편리하고 보기 좋고 아름답게 꾸며놓았지만 왜인지 나에겐 섭섭하고 낯설기만 하다. 나 혼자만의 생각인지도 모르겠다.

옛날 바가지로 떠먹던 약수, 사람들의 발길로 저절로 길이 되었던 흙길이며 길섶에 자유롭게 피어있던 들꽃들과 들풀들이 그리웠다. 꾸며진 것 보다는 있었던 그대로가 더 아름답지 않은가. 모든 고적 유적들을 그대로…. 외국사람들이 와서도 경주 고유의 모습을 그대로 느꼈으면 좋겠다. 경주는 우리나라를 대표하는 관광지로 보여 줄 것이 너무 많은 곳이니까. 좀 무디고 둔탁해도 정겨운 옛날 우리 밥그릇, 밥사발, 국 대접처럼. 모든 것은 있는 그대로,

자연 그대로가 좋은 것 같다. 자연의 아름다움도, 사람의 아름다움도…. 아무튼 오늘 경주를 새롭게 보니 나도 모르게 가슴이 짠한 건 왜일까. 묵은 세월의 아쉬움과 그리움 때문일까. 하늘은 파랗고 나뭇잎들은 푸른데 나는 괜히 눈물이 나올 것만 같다.

다시 가보고 싶은 스페인

스페인 하면 강렬한 햇빛, 정열, 투우, 플라멩코가 떠오른다. 볼거리와 감동을 넘어선 느낌이 많아 언제 또다시 가보고 싶은 곳이다. 우선 안달루시아 지방의 세비아 성당은 세계에서 3번째로 큰 성당이라더니, 과연 성당이 마치 박물관처럼 유명한 예술품들도 많고 그 규모가 대단했다. 성당 내부 맨 위 높게 달린 종탑의 '히랄다 탑'은 높이가 자그마치 98미터로 맨 꼭대기에 종이 달린 곳까지 가려면 땀을 흘리며 한참을 걸어 올라가야 했다. 특이한 점은 올라가는 길이 층계가 아닌 완만한 경사로 이루어졌으며, 바닥이 돌로 깔린 넓은 길이라는 점이다. 이슬람 왕들이 종탑 꼭대기까지 말을 타고 올라가기 위해 길을 넓게 만들었다고 한다. 꼭대기에 올라서서 내려다보니 상쾌하도록 시원하고 세비야 시내가 한눈에 보였다.

이 성당 중앙엔 콜럼버스의 관(무덤)이 있는데, 옛날 스페인을 다스렸던 4명의 왕을 모시고 있다. 앞에 두 명의 왕이, 뒤에도 두 명의 왕이 콜럼버스의 관을 어깨에 받들어 메고 있는 모습이었다. 더 놀라운 것은 성당 제대 앞면

이 모두가 순금으로 장식되어 있었다는 것이다. 경건하고 엄숙하면서도 화려했다. 여기에 금이 얼마나 들어갔을지 모를 일이었다. 이 공사를 하는데 무려 10년이 걸렸다고 한다. 세비야 시가지를 돌아보며 걸었다. 영화 「세비야의 이발사」를 찍었다는 곳에 들렀다. 로시니의 오페라가 생각나고 입에 장미를 문 카르멘이 "나를 사랑하지 마세요. 나를 사랑하면 죽어요."라고 했던 비제의 곡으로, 플라멩코를 추는 카르멘의 배경이 되었다는 이 거리를 걸으며 나도 괜히 무엇인가를 해야겠다는 마음이 들었다. 결국 기념품 상점에 들어가 색채가 화려하고 앙증맞은 작은 꽃병 한 개와 오색찬란한 접시 하나를 기념으로 샀다.

미하스Mijas. 안달루시아, 산속의 하얀 마을. 이 하얀 동네는 일 년에 한두 번씩 모든 집을 하얀색으로 칠한다고 한다. 이곳은 당나귀가 상징인데 아마도 이곳까지 올라오려면 당나귀를 이용해야 하기 때문인 것 같았다. 전망대에서 코스타 델 솔Costa del Sol, 이름하여 '태양의 해변'이라 불리는 아름다운 말라가 해변이 한눈에 보인다. 이곳, 하얀 마을에서 내가 황당했었던 잊지 못할 추억이 하나 있다.

미하스의 하얀 마을에 아주 예쁜 성당이 있었는데, 세계에서 제일 작은 성당이라고 한다. 커다란 바위 밑을 판 굴속에 두 사람이 앉을 정도의 통 의자가 단 6개밖에 없는 정말 아주 작고 귀여운 성당이었다. 여기서 기도를 하면 많은 은총을 받는다고 하기에 재빨리 성당 안으로 들어가 1불짜리 초 두 개에 불을 켜놓고 잠깐 기도를 하고 나왔는데, 그 잠깐 사이에 우리 일행의 꼬리가 없어졌다. 순간 아차! 내가 여기서 세계적인 미아가 되는 게 아닌가 싶었다. 갑자기 머리가 아뜩하고 당황하여 허둥지둥 빨리 뛰다가 그만 넘어졌다. 무릎이 온통 벌겋게 까져 피가 철철 나고 멍이 들었는데도 아픔을 느낄 경황없이 이리저리 헤매다가 천만다행으로 일행을 찾아 '후유, 살았구나.'하고 한숨을 놓았다. 늙은 미아가 될 뻔했던 미하스에서의 잊지 못할 일이다. 지금은 추억이 되었지만.

그라나다의 알함브라 궁(붉은 요새)은 13세기 후반에 지어졌으며 인도 타지마할의 모델이었다고 한다. 하루 입장객만도 7,600만 명으로 너무 사람이 많아 30분마다 입장을 통제한단다. 알함브라 궁은 헤네랄리페 궁, 카를로스 5세 궁, 알카사바 나르스 왕궁이 있다. 들어가는 입구부터 조각처럼 잘 정지해놓은 나무들의 아름다움과 길바닥에까지 색색의 돌로 여러 문양을 만들어 보기에 참 아름다웠다. 모두가 놀랄 만큼 아름답지만, 제일 기억에 남는 것은 메수아르 방에서 연결되는 아라야네스 정원인 물의 정원이다. 6km의 먼 네바다 강에서 물을 끌어들여 만들었다고 한다. 거울 같은 직사각형의 커다란 연못 옆으로 아라야네스가 심어져 이 이름을 붙었다는데, 이쪽으로 가서 보아도 또 다른 쪽으로 가서 보아도 정말 얼마나 아름다운지 감탄을 넘어서 경이로웠다. 알함브라 궁은 한마디로 문양과 빛과 신앙의 아름다운 조화 그 자체이다. 덕분에 이슬람 생활문화의 높이와 탐미적인 매력이 오늘까지 전해지고 있는 것 같다.

바르셀로나는 젊음의 열기가 가득 차 보인다. 몬주익 언덕에 있는 올림픽주 경기장인 몬주익 운동장의 기념 조형물에 황영조 선수가 바르셀로나 올림픽에서 마라톤 금메달을 탄 기념 부조가 서 있다. 그 언덕에서 바르셀로나 시내를 바라보노라니 어느새 나도 모르게 어깨에 힘이 주어지고 가슴이 펴졌다. 그것은 자랑스러운 우리 황영조 선수 덕분인 것 같다. 또 그 언덕 위에 세워진 조형물, 손을 잡고 '사르다나' 춤을 추며 '지금은 독립을 하지 못한다 하더라도 후손들은 독립을 이루리라.'고 노래한다는 뜻으로 세워진 이 조각품은 카탈루냐 바르셀로나 사람들의 염원하는 마음이란다. 언덕을 내려와 모두 출출하여 간단히 요기를 하였다. 해물 넣은 영양밥 '빠에야'는 우리 입맛에도 맞고 참 맛이 있었다.

가우디의 '성가족 성당'은 밖에서부터 벽면을 온통 성경을 그대로 묘사 조각된 성당이다. 성당 안에선 아직도 계속 공사를 하고 있었지만 빛이 들어와 매우 밝았고 바닥까지 가우디 특유의 곡선의 미를 살린 성스러운 문양들이다. 가우디의 구엘 공원 또한 동화 속 같았다. 「헨젤과 그레텔」의 과자 집을 그대로 만들었고, 꾸불꾸불한 뱀의 형상의 조각품의 입에서 물이 나온다. 뱀의 등이 의자가 되어 세계의 관광객들을 앉아 쉬게 하고, 마치 각양각색의 타일을 손으로 주물러 만들어놓은 듯 상상을 초월한 기발하고 재미있는 조각들이 많은 구엘 공원이다.

내가 스페인에 와서 크게 느낀 점은 일단 장엄함에 놀랐고, 많은 금은보화에 놀랐다. 그리고 돈키호테의 피가 흘러서인지 '가우디'라는 기인 건축가가 날이면 날마다 세계의 관광객을 끌어모아 어마어마한 관광수입을 올리고 있다는 사실에 놀랐다. 또한 콜럼버스라는 사람을 이곳에 직접 와서 보고 들으니, 우리가 학교에서 배운 것보다 훨씬 더 대단한 사람, 아니 위대한 사람이라는 것에 놀랐다.

단지 신대륙을 발견했다는 정도가 아니라 그로 인해서 스페인이 100년간 부귀영화를 누리게 해주고 있을 뿐만 아니라, 그 영화를 앞으로도 계속 누리게 될 거라고 한다. 그러니 콜럼버스에 대한 스페인 사람들의 고마움의 평가는 이루 말할 수 없다는 것이다. 부러웠다. 이에 조금 다를지는 몰라도 덧붙여 말하고 싶은 것은 스페인의 산티아고 길을 걷고 제주 올레길을 만들었다는 서명숙 씨야말로 콜럼버스처럼 금金을 가져오지 않았지만 새로운 문화를 창출한 사람이다. 이런 분이 바로 우리나라의 콜럼버스가 아닐까라는 생각을 하며 존경과 감사의 뜨거운 박수를 보내고 싶다.

이 밖에도 헤밍웨이의 '누구를 위하여 종은 울리나.'를 발표하게 한 스페인의 옛 수도였던 톨레도! 강으로 해자처럼 둘러싸여 오직 다리로만 연결되는 요새 같은 왕궁이다. 이 왕궁엔 수녀님들이 금사로 수를 놓고 보석을 단 추기경들이 입는 제의와 머리에 쓰는 관이 전시되어있다. 벽과 천장에 이르기까지 명화와 성화가 가득하여 목을 젖히고 보려니 어깨까지 아플 정도였다. 2,000년이나 된 알칸타라 다리와 톨레도 대성당, 옛날 그대로의 돌로 된 좁은 골목길도 놀라웠다.

세계문화유산으로 지정된 곳이 많은 스페인! 강렬한 햇빛과 하얀 집들, 나이는 지긋하지만 땀을 뻘뻘 흘리며 정열적으로 플라멩코의 현란한 춤을 추던 스페인 여인을 떠올려본다. 세비야에서 지브롤터로 가는 길에 갑자기 온통 노란색으로 칠을 한 듯 해바라기 꽃들이 눈앞에 가득 황홀하다. 옛날에 보았던 '소피아 로렌' 주연의 영화가 생각났다. 그녀의 커다란 눈망울 속에 가득 찬 눈물, 그리고 격하게 흐르는 음악. 당장에라도 화면 밖으로 뛰쳐나올 듯했던 끝없이 펼쳐진 해바라기 꽃들! 참으로 인상적이었던 영화 「해바라기」가 생각났다. 스페인 여행, 참 기억이 많다. 웅장하고 성스럽고 역사와 이야기가 많은 아름다운 곳이다. 시간이 되면 또 한번 가보고 싶다.

다워이즘! 이 '다워이즘'이란 순우리말의 '~답다.' 혹은 '~다워'의 은어로 통하는 말로 유행한 때가 있었는데, 이 말이 참 재미있고 어떤 메시지를 가지고 있는 것 같아서 난 곧잘 사용한다. '○○다워야 한다.', '○○답다.'는 것은 곧 진리이다. 어른은 어른다워야 하고 아이는 아이다워야 한다. 어른이 철없는 어린아이 같아도 우습고 아이가 순수함을 잃고 너무 어른스러워도 애늙은이 같아 징그럽다.

직원이 수십 명이나 수백 명이 되는 회사의 사장님이라면 그 많은 식솔을 내 가족처럼 생각할 수 있는 그릇으로 큰 사장님 '다워'야 한다. 또 기관의 책임자나 버금가는 위치에 있는 분이라면 그 자리를 지킬 줄 아는, 소위 아랫사람들의 신망을 받을 수 있도록 스스로 겸손하고 기품 있는 모범적인 행동으로 보여야 '아! 역시 ○○답다.'로 모든 이의 가슴에 와 닿을 수 있고 밝은 사회가 될 수 있다. 풍요롭게 가진 자가 요령을 부려 당장 내일이 막막한 사람에게 몇 푼 주어 밀어내고 소위 '딱지'라는 것을 사서 부富를 축적했던 '나만 잘 먹고 잘 살면 된다.'는 자기 자신만 생각하는 무서운 이기심. 이것도 사람 '답지' 않은, 다워이즘에 어긋나는 논리이다.

사람들이 저마다 사는 방법과 생활은 다르지만 적어도 제 나름대로의 자기위치를 고수하며 지킬 줄 아는 겸손이 아쉽다. 작은 집단이라도 어느 위치가 되어 좀 더 아랫사람들을 관리하거나 이끌어 가는 자리가 된다면 더욱 자기 자신을 돌아보고 감내하며 인내와 포용력 있는 겸양지덕謙讓之德을 갖춘 인품이 필요불가결한 일일 것이다. 이와 반대로 자신이 위라는 자기도취의 오만과 교만으로 일방적인 자기주장만 내세워 많은 사람의 빈축을 산다면 얼마나 어리석으며 가엾고 슬픈 일일까. 이야말로 '답지 않다.'의 다워이즘에 입각해 '○○답지 않다.'이다.

벼는 익을수록 머리를 숙이고 자리는 높이 올라갈수록 겸손과 베풂으로 추앙을 받아야 사람답지 않을까. 사람다운 사람, 물론 그렇게 산다는 것이 말처럼 쉽지 않고 참 어려운 일이다. 그러나 평범함 속에 진리는 있는 것이다. 나름대로 제 분수에 넘치지도 처지지도 않는 행동으로 늘 자기 자신을 뒤돌아보며 겸손하게 살아간다면 이것이 곧 '사람다운 사람'이 되지 않을까. 우리가 사는 사회는 이 다워이즘에 의해 사랑이 가득한 따스하고 밝은 사회가 이룩될 것이며 살만하고 밝은 사회, 나아가서 행복한 나라가 될 것이다.

행복지수

엊그제 TV 방송을 통해 연세대학교 명예교수인 김형석 교수의 행복론 강의를 들었다. 96세의 높으신 연세가 무색할 만큼 정정했다. 자세도 꼿꼿하시고 발음도 정확하며 깨끗하고 단정한 모습에 감탄했다. 내가 젊었을 때 김형석 에세이 등 교수님 책을 몇 권 읽었었고 참 멋있는 분이라고 좋아했었는데, 어느새 세월이 그렇게 많이 흘러가다니. 그러나 믿기지 않을 만큼 젊으셔서 아나운서가 비결을 여쭈어보았다. "어떻게 이렇게 젊으신 비결이 무엇인가요?" "늘 운동을 하는데 주로 수영을 꾸준히 했어요. 그런데 이제는 나이가 들어 요즘은 한 30분 정도만 날마다 하고 있지요." "그래서 그렇게 젊으시군요. 교수님, 아무리 봐도 60대로밖에 안 보이세요. 호호." 정말 60대로 보일 만큼 젊었다.

강의 내용은 행복론! '인생을 여하히 행복하게 보내느냐 생각에 따라서 긍정적인 삶 건강한 삶에 대해서'였다. 교수님 조사에 의하면 사람이 일생을 사는데 통계적으로 65세에서 75세까지가 인생에서 제일 행복지수가 높은 나이로 나왔다고 한다. 공감한다. 나도 그렇게 생각했으니까. 왜냐하면 그 나이 때가 되면 모든 주어진 책임을 다 완수한 후이기 때문이다. 자식들 키우고 공부시켜 제짝 찾아 시집, 장가 다 보내고, 두 내외의 직장에서도 이미 퇴직한 후이니 만사 자유로운 나이가 된다. 그러므로 이제는 자신을 위해 여생을 아름답게 누리기만 하면 되는 것이다. 젊었을 땐 그저 앞만 보고 열심히 살았으니 충분히 누릴 수 있는 자격이 있다.

그러려면 첫째로 건강해야 한다. 건강해지려면 운동이 필수다. 오래 살기 위해서가 아니라 언제가 될지는 모르지만 사는 날까지는 건강하게 살아야 하기 때문이다. 남편 자식들이 아무리 잘해줘도 '긴 병엔 열부 효자 없다.'는 말도 있고, 처음엔 걱정되어 관심을 보이지만 '듣기 좋은 꽃노래도 한두 번.'이라고 매번 아프다는 소리가 결코 듣기 좋을 리는 없다. 그래서 운동을 하여 건강한 몸으로 남편 자식들에게 민폐를 끼치지 않도록 노력해야 한다. 이에 다행히도 우리 아파트는 피트니스가 참 좋다. 헬스장, 스쿼시, 골프 연습장, 목욕탕, 찜질방, 사우나는 물론 수영장까지 있어서 수영을 좋아하는 나로서는 더욱 좋다.

새벽 6시부터 저녁 10시까지 마음대로 이용할 수 있어 편리했다. 서울에 살 때는 수영이나 헬스를 등록한 날짜의 그 시간에만 가야 했지만 여기선 아무 때나 가도 되니 외출에서 돌아오면 남편도 나도 피트니스를 먼저 찾는다. 우리 내외 나이가 통계로 나온 행복지수에 속한 나이이다. 우리는 진즉부터 열심히 운동을 하고 있다. 매사를 지극히 긍정적으로 좋은 쪽으로 생각하려고 노력하며 산다. 먹고 싶은 것 먹으러 다니고 나름 각자 취미활동도 하고 있으며, 작지만 조금은 나누며 베풀면서 살고 있다. 우리는 영화도 좋아하고 여행도 좋아하여 늘 같이 잘 다닌다. 이 행복한 나이를 만끽하며 누리고 있는 지금, 오늘도 감사한다.

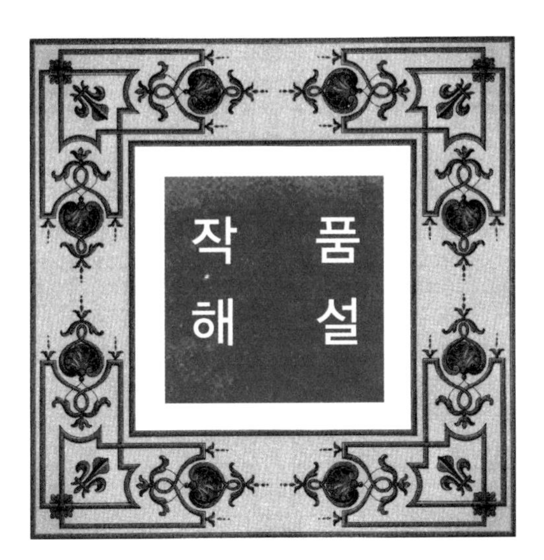

지연희 | 한국문인협회 수필분과회장

나무가 혼신을 다하여 피워 올린 꽃 한 송이의 향기

지연희(한국문인협회 수필분과회장)

문학인의 호칭에 대하여 장르적 분류로 해석한다면 본인이 선택한 정서에 따라 대한민국 문단에서는 시인, 수필가, 시조 시인 혹은 소설가로 불리어지고 있다. 그러나 나라 밖에서는 그 나라의 한 사람 문인이라는 닉네임으로 소통되고 있다는 자유로움에 대하여 생각하게 된다. 그만큼 대한민국 문단 흐름은 장르를 뛰어넘어 타 장르에 관심을 갖게 되는 일이 수월하지는 않다. 그럼에도 불구하고 오늘 첫 수필집 「분위기를 모르는 남자」를 출간하는 이진숙 수필가는 시조 시인인 동시에 대한민국 예술총연합회 기관지 「예술시대」 신인상 수필 부문에 당선되어 두 장르를 아우르는 문학인이다.

근 20여 년 가까이 이진숙 수필가를 보아오면서 매우 긍정적이고 진취적인 삶을 살아가는 문인이라는 생각을 해왔듯이 이 한 권의 수필집에 내장된 핵심적 흐름은 책임감 있는 철두철미한 성격과 풍부한 감성이 이룩한 자전적 메시지라는 것을 확인할 수 있었다. 부담 없는 솔직한 언어로 끌어가는 체험적 이야기의 문장은 '늙은 소녀'와 같은 맥락의 수필에서 발견하게 되는데 아름답고 맑은 심성을 소유한 필자라는 것을 느끼게 된다. 흐트러짐 없이 자신을 가꿀 줄 아는 일은 멋을 아는 일이며, 멋을 아는 사람은 삶의 가치를 아는 사람이라는 등식과 연결하게 된다. 한 마디로 이진숙 수필 속에서 멋을 아는 사람의 삶의 진실과 만나게 된다.

아버지는 말이 별로 없는 과묵한 분이었지만 인정이 많았다. 가난했던 그 시절 그때에는 어린 소년, 소녀들도 돈벌이에 나서는 아이들이 많았다. 홍시나 깨엿 메밀묵 찹쌀떡 등을 목판에 담아 목에 걸고 다니며 그 추운 겨울밤에 꽁꽁 언 손에 호호 입김을 불어가며 목판을 쥐고 목청껏 외쳐대며 다녔다. "찹쌀-떠-억 사-려어!" "메밀-묵 사-려어!" 어린 목판장수 중 우리 집에 불려오는 아이는 운 좋게 물건을 다 팔고 간다. 아버지는 어린것이 추운데 고생한다며 목판에 찹쌀떡이나 메밀묵이 얼마큼 남았든 그 남은 것들을 모두 다 사줬다. 물건을 한꺼번에 다 팔은 아이는 돈을 받아들고는 추운 밤에 더 고생 안하고 하루 장사를 잘했다는 생각에 신나게 대문을 나서곤 했다.

아버지는 가족놀이를 하지 않은 날에도 가끔 목판 장수가 가까이

지나갈 때면 그들을 불러서 물건들을 다 사줄 때가 많았다. 그 덕택에 우리 식구들은 긴 겨울밤 출출할 때 생각지도 않게 맛있는 찹쌀떡이나 메밀묵을 마음껏 먹을 수 있는 날이 종종 있었다. 이렇게 따스한 배려와 정이 많고 지적知的인 아버지 덕분에 여자라고 대우도 못 받고 중등교육도 제대로 시키지 않았던 그 시절에 우리 자매들은 고등교육까지 모두 받았다. 아버지는 누구에게나 존경을 받았고 주변에서는 법 없이도 사는 산부처님이라고까지 칭송을 하는 분이었다. 우리 오남매는 늘 이런 아버지의 선구자적인 개방된 사고와 따뜻한 인품을 존경하며 자랐다. 어릴 때 크면 꼭 아버지 같은 사람에게 시집을 가야겠다고 생각했었다.

- 수필 「메밀묵과 아버지」 중에서

요즈음 사회가 혼탁하고 범죄가 난무하는 이때, 학교 교육도 중요하지만 무엇보다도 사람들 개개인의 인성 교육은 가정에서부터 이루어져 밑바탕이 되어야 하겠고 '어머니'가 그 중심에 서서 바르게 이끌어 가야 한다는 것이다. 특히 엄마의 역할은 매우 중요하다. 아이들에겐 '엄마가 제1의 교사'다. 아이들은 젖먹이 때부터 엄마와 접하며 산다. 어려서부터 예의범절, 질서, 어른공경, 바른 행동, 언어(말씨), 가족사랑, 봉사 정신 등등…. 모두가 어머니가 담당하고 훈육해야 할 과제다. 그래서 어느 집이나 가정에서 엄마의 역할이 아이들에게 미치는 영향

이 지대하므로 엄마는 좋은 본보기로, 좋은 선생님으로, 훌륭한 엄마로서의 역할을 다 해야 할 중요한 임무가 있다. 그것이 곧 인성 교육이다. 모든 것이 그렇듯 기본이 있어야 할진대, 마찬가지로 어려서부터 가정에서 인성 교육이 잘 되어야 집단이 잘 되고 사회가 안정되며 나아가 나라도 바르게 설 것이라 생각된다. 다시 한 번 강조하지만 모든 어머니는 나라의 근원이요 힘이다.

- 수필 「내 어머니」 중에서

남편의 제의에 메밀묵을 먹으러 집 근처로 나서며 유난히 메밀묵을 좋아하셨던 친정아버지를 떠올리는 게 수필 「메밀묵과 아버지」의 내용이다. '아버지는 가족놀이를 하지 않은 날에도 가끔 목판 장수가 가까이 지나갈 때면 그들을 불러서 물건들을 다 사줄 때가 많았다. 그 덕택에 우리 식구들은 긴 겨울밤 출출할 때 생각지도 않게 맛있는 찹쌀떡이나 메밀묵을 마음껏 먹을 수 있는 날이 종종 있었다.'고 회상한다. 누구보다 메밀묵을 좋아하던 친정아버지는 당시 남아선호사상이 보편적이던 시절이지만 딸들에게 편견 없는 교육열을 보였다. 어려운 사람들에 대한 배려도 깊어 메밀묵과 찹쌀떡 장수에게 베풀던 인정으로 가족들은 메밀묵 먹을 기회가 많았다고 한다. 아버지의 훈훈한 사랑의 흔적을 짚고 있는 이 수필은 겨울밤이면 더욱 아버지를 그리워하게 된다.

수필 「내 어머니」는 아버지 못지않은 출중한 인격을 소유한 사람으로 남편을 훌륭히 내조하고 자식에게 인자했던 분이다. 늘 책을 읽던 어머니의 모습을 보고 자랐다는 필자의 말을 들어보면 학식 있는 신여성의 면모를 보여주셨던 분이라 이해할 수 있다. 무엇보다 예의에 대한 말씀으로 훈육하셨던 어머니의 가르침이 이 수필의 전반적인 내용이다. '특히 엄마의 역할은 매우 중요하다. 아이들에겐 엄마가 제1의 교사다. 아이들은 젖먹이 때부터 엄마와 접하며 산다. 어려서부터 예의범절, 질서, 어른공경, 바른 행동, 언어(말씨), 가족사랑, 봉사 정신 등등…. 모두가 어머니가 담당하고 훈육해야 할 과제다.'라는 어머니의 교육지침은 자식 교육의 근원이 될 수 있었음을 시사하고 있다.

벌써 사십여 년 세월이 흘렀다. 지금은 모든 것이 빠르고 편해져 가전제품 등 모든 기계들이 발달되고, 경제적 수준까지 높아져 삶이 풍요로워졌다. 또 사람들도 지식이 넘쳐 너무 똑똑한 사회가 되었다. 그런데 아쉽고 마음 한구석이 이토록 허전한 건 왜일까. 비록 그때, 경제는 조금 어려웠지만 진심으로 서로 돕고 모든 사람은 저축하며 열심히 그리고 성실히 살았기에 몸은 고되어도 마음은 평화롭고 행복했다. 그리고 학교에서는 학생들은 물론 학부모들까지도 선생님을 신뢰하고 존경했으며, 선생님들은 사명감을 가지고 열심히 교육에 임했고 진심으로 제자들을 사랑하는 그야말로 아이들이나 선생님이나 사제지간師弟之間에 돈독한 정으로 하나가 되었다. 꿈같은 세월, 참으로 아

름다웠다.

신뢰감이 희박해진 지금 새삼스레 스승의 그림자도 밟지 않았다던 그 시대의 마음까지 돌아갈 순 없지만 적어도 학부모님들께서는 내 자식을 가르치는 선생님을, 학생들은 내가 배우는 선생님을 사랑과 존경까지는 아니더라도 믿고 잘 따라주었으면 좋겠다. 아무려면 제자들을 잘못된 길로 가르치는 선생님은 어디에도 없을 테니까. 그래서 스승과 제자가 서로 믿고 존중할 줄 아는 사회가 되었으면 좋겠다. 오늘 새삼 아득한 옛날이 생각난다. 서로 사랑하며 배려할 줄 알고 신뢰하며 사제동행師弟同行으로 스승과 제자가 한자리에 같이 앉아 도시락을 먹으며 웃음꽃을 피우던 순수했던 그 시절이 정말 그립다.

– 수필 「도시락과 기름청소」 중에서

새로 불을 지피고 밑불이 단단해지면 반죽한 석탄을 다시 넣고 어느 정도 젖은 석탄 반죽이 잘 마르면 더 굳어지기 전에 쇠꼬챙이막대로 구멍탄처럼 여기저기 공기구멍을 뚫어주어야 화력이 강해진다. 화력이 좋아 아이들도 교사도 행복하다. 그런데 이렇게 잘 피워놓은 난로의 소각 또한 어렵다. 수업이 끝날 때를 잘 맞춰 연료를 줄여야만 불을 끄기가 좋다. 아이들이 하교한 후에는 난로청소를 해야 하니까 말이다. 난로 청소 또한 보통 일이 아니다. 굳어져 있는 석탄재는 깨부숴서 밑으로 긁어내어 양동이로 퍼 날라다 버려야 하는데, 무겁기는 또 얼마나 무겁던지….

요즘 아이들과 교사는 참 행복한 것 같다. 문명의 이기에 얼마나 감사한 일인가. 그저 고맙다는 생각뿐이다. 하지만 그래도 그때의 그 고생이 참 아름다운 추억이 되었다. 사제지간에 정도 두터웠고, 동료 교사들끼리도 어느 선생님 댁에는 숟가락이 몇 개인지 알 정도로 서로들 가까웠었고 정도 많았다. 시대의 변천! 문명의 이기! 그에 따른 난로의 변천사!

삼십여 년, 아니 사십 년 가까이 교직에 있으면서 참 여러 가지 일들이 많고 많았다. 이루 말할 수 없이 많은 추억 속에 '난로의 추억'은 지금 다시 생각해도 그때의 고생까지도 정다운 것 같다. 내 나름대로 영화 같은 아름다운 추억이다. 다만 아쉬운 건 조금 불편했어도 정 많았던 그 시절이 한없이 그립기만 한 건 세월 탓일까, 아니면 나이 탓일까

– 수필 「교실 난로 이야기」 중에서

수필 「도시락과 기름청소」, 「교실 난로 이야기」를 감상하면 시간의 흐름에 따른 교단 제도의 변화와 문화발전 등 시대의 흐름을 감지하지 않을 수 없다. 40여 년에 가까운 교직 생활의 이모저모를 담아내고 있는 몇 편의 수필과 연결된 작가의 교단 체험은 시대의 정서를 반영하는 역사의 증언이다. '또 하나 잊을 수 없는 일은 짓궂은 아이들이 장난치려고 교사가 드나드는 앞쪽 출입문의 문지방 주위만 특별히 더 열심히 기름칠과 초칠

을 해서 윤을 냈다. 아무것도 모르고 교실에 들어서는 담임선생님이 그만 미끄러워 벌렁 넘어지면 반 아이들은 박장대소 깔깔 우스워 죽는다. 어쩌랴, 순수한 아이들의 장난이니 화를 낼 수도 없는 일.' 스승과 제자가 서로 믿음으로 가르치고 따르던 아름다운 일화들이다. 아이들의 손톱검사, 머리검사, 이 닦기 등 용의 검사까지 하던 지난 시간의 흔적은 시대가 감당해야 했던 선생님과 아이들의 미담이다.

'스승의 그림자는 밟지도 않는다'는 스승과 제자의 믿음과 신뢰가 살아 있는 아름답던 날들을 수필 「교실 난로 이야기」에서 그려내고 있다. 40여 년 전 초등학교 교실환경은 한겨울 혹독한 추위에 떨어야 했고 그 추위를 교실 중앙에 놓여 있던 난로에 의지하곤 했다. '난로에 장작으로 먼저 불을 피워놓은 다음 양동이에 받아온 석탄가루에 물을 적당히 넣어가며 부삽으로 되거나 묽지도 않게 여러 번 반죽한다. 이 석탄 반죽을 타는 장작더미 위에 부삽으로 잘 떠서 기술적으로 얹어놓고, 공기가 통하도록 긴 꼬챙이로 구멍을 뚫어놔야 꺼지지 않고 불이 붙는다.'라는 이 모든 난로 사용 과정은 담임선생의 몫이었고 교사는 아이들 교육에서 전천후 노동까지 감당해야 했다. 사랑과 헌신이 아니고는 올바른 사도의 상을 구현할 수 없었던 지난 시간의 아름다움을 '이진숙 선생님'은 돌아갈 수 없는 시간의 그리움을 풀어내듯 들려주고 있다.

아들이 김포공항에서 비행기를 타기 직전이다. "엄마 나 특공대까

지 갔다 온 몸이유. 아무 걱정 마세요. 난 엄마가 걱정이야. 아프면 안 돼. '엄마 튼튼'이 '우리 집 튼튼'이잖아요. 이 세상에서 내가 제일 사랑하는 울 엄마, 아침 식사는 꼭꼭 하세요. 알았죠? 미국 가서도 괜히 비싼 전화 자꾸 하게 하시지 말고요. 난 어디를 가서든 잘 먹고 잠도 잘 잘 테니까 응?" 훌쩍거리는 날 끌어안아 주며 웃긴다. 코끝이 찡하다. 막내이기 때문에 아기로만 알았던 내 아들이 어느새 커서 만리타국으로 유학을 가면서도 엄마 걱정을 한다. 떠나기 전날 밤 남편은 아들 보내는 것이 서운했던지 남자끼리 할 얘기가 있다나? 포장마차에라도 가서 한잔 하고 오겠다며 아들을 데리고 나란히 나간다. 부자父子의 그 모습이 흐뭇하고 보기 좋았다. 대견했다. 내가 저 아들을 안 낳았으면 어찌 했을꼬. 아들에 대한 집념이 유난했던 나였다.

내 친정어머니는 내리닫이로 딸 넷을 낳은 다음 끝으로 간신히 아들 하나를 낳으셨다. 그중 나는 넷째 막내딸이다. 언니들 셋 모두 시집가서 별 신경을 안 써도 구색 맞춰 아들딸 잘도 낳았는데, 나는 언니들보다 좀 늦게 시집을 간 데다 딸만 이어 둘을 낳고 보니 내가 친정어머니 닮은 딸이 아닌가 싶어 입술이 바짝바짝 탔다. 어느 날 친정 셋째 언니가 '아들' 소원하는 나를 보다 못해 위로하듯 말을 했다. "얘! 아들 없으면 어떠니? 딸이 더 좋단다. 얼마나 예쁘니?" 피를 나눈 형제인데도 왜 그 말이 그렇게 서운했던지. "언니는 아들이 있으니까 그런 소리 하지. 없어 봐, 그런 소리가 나오나!" 눈에 쌍심지를 켜고 소리 지르며 대드니 언니는 그만 너무 기가 막힌 듯 멍하니 나를 바라보며 할 말을 잃었다.

– 수필 「기저귀가 위에만 젖었어요」 중에서

그리움이란 건 돈으로 사 올 수도 없다. 음악을 들으며 걷는다. 지금 이 순간 정말 그립다. 그 시절로 돌아가고 싶다. 초겨울 교실 햇볕 쪽 창가 책상 위에 옹기종기 몰려 앉아 재잘재잘 얘기하다 까르르 웃고 떠들며 아무 근심 걱정 없이 지내던 그때. 흰 칼라가 구겨질까 자존심처럼 풀 먹여 세우던 꿈 많던 그 시절. 참으로 오늘따라 가슴이 아리도록 그립다. 너무나 간절한 마음에 가슴이 멜 듯 답답한 느낌, 이런 것이 그리움이란 것이겠지? 아직도 음악은 솔베이지의 노래가 흐르고 있고, 내 얼굴엔 하염없이 눈물이 줄줄 흐르고 있고…. 그리움이란 어찌할 수 없는 것을. 가져올 수도, 훔쳐올 수도, 되돌릴 수도, 돈을 주고 사 올 수도 없는 것을 어쩌랴! 안타깝고 가슴 아프지만 아름다움으로 추억만 하는 수밖에.

내가 정해놓은 코스를 한 시간 동안 열심히 걸었다. 건강하게 지금까지 살아왔고 이렇게 씩씩하게 걸을 수 있으며 뒤돌아보며 추억할 수 있다는 것만도 얼마나 큰 축복인가. 또한 나에게 유년의 어린 시절부터 학창시절, 청춘이었던 젊은 시절을 건강하게 보내고 오늘에 이를 수 있는 행운에 오직 감사할 뿐이다. 페르귄트와 솔베이지의 슬프

고도 아름다운 사랑을 생각하면서.

- 수필 「그리운 것들」 중에서

딸 둘을 낳고 '얼마나 아들을 원했으면'하는 생각이 들 만큼 수필 「기저귀가 위에만 젖었어요」에서는 아들을 출산한 여인의 기쁨을 잘 들려준다. 물론 당시만 해도 아들 선호 사상이 앞서던 시절이라 혼인한 여인이 아들을 낳지 못하면 집안의 대를 잇지 못해 죄를 지은 듯 노심초사하곤 했었다. 요즈음처럼 딸을 낳지 못해 슬퍼하는 가정을 생각하면 격세지감을 느끼게 하는 이야기이다. 마침내 아기를 분만하는 날이다. 힘겨운 산고가 이어지고 "'아줌마! 아들이에요!" 간호사가 먼저 소리친다. 간호사의 '아들'이란 소리는 깊은 물 속에서 아련히 들려오는 물결의 파장 같았다. 꿈이 아닌가 싶었다. 얼마나 아들을 소원했으면 온 병원에 소문이 다 났었다. 눈을 감고 물었다. "정말 고추가 달렸어요?"' 믿기지 않은 재확인이다. 그리고 어느 날 무심코 아기 기저귀를 갈아주다가 자신도 모르게 "여보! 여보! 이것 좀 보세요! 아기 기저귀가 위에만 젖었어요, 위에만!"하고 신기해서 소리칠 만큼 남다른 아들 사랑을 이 수필은 행복한 모성의 육성으로 들려준다.

수필 「그리운 것들」은 화자의 학창시절로 독자를 안내하고 있다. 저녁 산책길에 들려오는 솔베이지 노래가 추억의 통로를 여는 가교 역할을 한다. 깔끔하게 손질한 교복에 풀 먹인 빳빳한 흰 칼라를 달고 다니던 여고 시절의 일이다. '음악 시간이면 혼란스럽도록 불같은 호령과 때로는 아름다운 감성으로 우리에게 「산타루치아」, 「오, 솔레미오」, 「솔베이지의 노래」 등 멋진 노래를 많이 가르쳐주던 정열적인 음악 선생님!'이라 표현하며 어느 음악가를 설명할 때는 북받치는 감성으로 눈물이 절절 흐르도록 심취하게 했던 매력적인 선생님을 떠올리고 있다. 지나간 추억은 모두 아름다운 것이라 했지만 어떤 그리움보다 때 묻지 않은 감성으로 아름다움을 노래할 수 있었던 소중한 이야기를 이 수필은 향기로운 문장으로 다듬어 내고 있다.

나는 커피를 좋아한다. 엄밀히 말하면 커피보다는 분위기 있게 앉아 커피 향을 음미하며 즐긴다고 해야 할까. 아무튼 그날도 일을 다 마치고 커피를 마시며 조용히 음악을 듣고 있는데, 남편이 생뚱맞게 바짝 내 옆에 와 앉아서 발톱을 깎기 시작했다. 그것도 신문지도 깔지 않은 채 딱! 딱! 발톱을 깎는 것이다. 발톱은 거실 사방으로 파편처럼 이리저리 튀었다. 발톱이나 부드럽나, 두꺼운 도끼 발톱이다. 운 나쁘게 밟히거나 찔리면 대형 사고다. 그날도 그렇게 남편은 분위기 없이 내 음악 감상 시간을 종료시키고 말았다. 언젠가는 함박눈이 내리는 창밖을 보며 "아! 멋있다 저 눈 맞으며 걷고 싶어."하면 이 양반 "오늘 찻길 많이 막히겠구먼. 당신 길 조심해, 미끄러지면 수습 곤란이야." 비 오는 날엔 내가 "난 비 오는 날이 좋더라, 비 오는 날 둘이서 우산을 쓰고

걸어도 좋고, 그냥 비를 맞으며 걸어도 좋고." 하니까 "무슨 소리야! 요즘은 산성비라 그 비 맞으면 머리 다 빠져."라고 한다. 우리 집 양반, 내 남편은 이렇게 감성과는 담 쌓은 멋없는 사람이다.

- 수필 「분위기를 모르는 남자」 중에서

가끔 음악회에 갈 때는 화려한 옷에 평소엔 잘 하지도 않는 귀걸이까지 예쁘게 치장하고 가는 분위기 있는 여인으로, 그리고 어느 날 갑자기 겨울 바다가 보고 싶어 훌쩍 떠날 수 있는 그런 여자가 되고 싶은 늘 그런 내 모습은 '늙은 소녀'이다. 옛날 어른들이 '몸은 늙어도 마음은 이십 대란다.' 하시던 말이 실감 난다. 내일모레면 내 나이 육십인데 눈 오면 아무도 밟지 않은 눈길도 걷고 싶고, '에디트 피아프'의 애절한 노래에 괜히 눈물을 줄줄 흘리는 나. 아무래도 난 남편의 말대로 '주책바가지'인지도 모른다.

유치하지만 그럼에도 앞으로 나이가 더 먹어 칠십, 팔십의 할머니가 되어도 난 여자이고 싶다. 두 딸이 출가하여 손녀가 있고 사위가 둘씩이나 있지만 난 아직도 철없는 할머니이고 철없는 장모인지도 모른다. 그러나 이대로 살고 싶다. 어른스레 위엄을 갖추고 마냥 점잖기보다는 마음 가는 대로 감정에 충실한 분위기 있는 여자이고 싶다. 또 언제까지나 그냥 철없는 늙은 소녀로 살고 싶다

- 수필 「늙은 소녀」 중에서

이진숙 수필에서 중심축으로 설정된 소제들은 대개 가족이다. 부모님, 세 자매와 남동생 그리고 남편과 자식 삼 남매를 통해 가족의 우애와 사랑을 엮는 자전적 이야기를 펼쳐낸다. 그리고 수필 「메밀묵과 아버지」, 「내 어머니」 등의 맥락을 이어 행복한 가정 속 올곧은 삶의 일면을 보여준다. 수필 「분위기를 모르는 남자」 역시 남편의 모순된 행동을 들추어내어 흠을 잡는 듯하지만 결국 배려 깊은 남편 자랑임을 알게 된다. 성실한 가장의 면모를 여러 편의 수필에서 은유적으로 소개하고 있기 때문이다. '이제는 자기가 마신 커피 잔이나 물 먹은 컵 설거지통 속에 넣어 달라 소리도 안 한다. 이미 포기했다. 분위기도 모르고 고집불통 우리 남편, 간 큰 남자다. 이렇게 분위기를 모르는 남자지만 그저 지금처럼 늘 건강했으면 좋겠다.'는 긍정과 관용의 사랑을 반어법으로 제시하고 있는 것이다. 그만큼 금술 좋은 부부애의 모범을 보여주는 실례이다.

수필 「늙은 소녀」의 배경 속에도 남편의 존재는 절대적이다. 여러 편의 수필을 감상하면서 주목하게 되는 것은 각기 다른 이야기 속에서도 부부가 함께 주제를 엮고 있다는 아름다운 사실이다. 외식을 하거나 여행을 갈 때도 함께한다. 나이에 어울리지 않게 감상적이고 눈물이 많다며 둘째 딸이 '늙은 소녀'라고 귀여운 이름을 붙여주었다고 한다. 실제로 봄꽃이 화려한 봄날을 좋아하는 화자는 남편이 운전하는 차를 타고 가다가도 불현듯 차를 세우곤 한다. "'여보, 차 좀 세워보세요. 저 논둑길을 조금만 걸어보고 가요. 길이 너무 좋을 것 같아.'라고 했더니 어이없는 얼굴로 남편은 내게 한마디 던진다. "또, 또. 어린애 같이 군다. 에이 주책바가지 마누라야." 하면서도 차를 세워주고 투덜거리면서도 같이 걸어 주었다.'는 이 여인은 '늙은 소녀'임이 분명한 듯하다. 이 늙은 소녀를 보디가드 하는 듬직한 남편 곁에서 아직도 때 묻지 않은 순수의 본성을 간직한 늙지 않는 여인, 한 사람을 만날 수 있었던 작품이다.

이 길을 걸으며 또 나를 행복하게 하는 것들이 있다. 연세가 높은 어르신들이 소일거리로 꽃을 가꾸시는 모습들을 종종 본다. 집집마다 창과 길 쪽 담 위로 내 놓인 화분들 속에서 활짝 핀 그 꽃들이 얼마나 예쁜지. 헌데 더 미소를 짓게 하는 것은 화분모양들이 각양각색이라는 점이다. 대개는 검은색 플라스틱과 붉은 흙으로 빚은 화분들이지만 개중엔 하얀 스티로폼박스도 있고 이상하게 생긴 작은 항아리 등등 재미있다. 그러나 거기서 피운 꽃들은 주인어른들의 사랑과 정성으로 키워져서인지 갖가지 색깔로 꽃을 피우고 있어 골목길을 더욱 환하고 아름답게 한다.

내리막길 끄트머리 손바닥만 한 삼각형 자투리땅에는 해마다 한 할머님이 열심히 심고 가꾸시는 밭이 있다. 올해도 파랗고 싱싱한 상추, 고추, 쑥갓들이 소복하게 자라고 있다. 밭 가장자리엔 가지 나무와 토마토도 몇 그루 심어 놓으셨고, 길 둑 위로도 꽤 많은 여러 개의 화분에 각기 예쁜 화초들을 가득가득 심어놓으셨다. 내가 어렸을 때 보던

순수한 우리 꽃들이다. 화려하진 않지만 소박한, 동요에 나오는 채송화, 봉숭아, 백일홍, 금잔화, 맨드라미, 분꽃, 찔레꽃 등등… 향수를 불러일으키는 애틋한 마음이 되는 그런 꽃들. 지금은 거의 사라지다시피 한 보기 드문 꽃들이라서 더욱 사랑스럽고 정이 간다.

– 수필 「행복한 골목」 중에서

말없이 우리에게 사랑을 주는 꽃과 나무들과 화초들을 보며 자연은 참 오묘하다고 생각한다. 잎이 졌는가 하면 떨켜로 무장하며 새잎이 나오고 영영 죽었는가 싶으면 또 어느새 새싹도 틔우고…. 연약하게만 보였던 시클라멘도 추운 겨울을 이겨내고 다시 살아나 자랑스럽도록 아름다운 빨간 꽃을 피워주는 것처럼 이렇게 말없이 묵묵히 자기 할 일을 어김없이 다하며 철 따라 우리에게 베푸는 자연! 어쩜 이런 오묘함까지 창조하셨을까.

우리가 살아가는 것도 우리의 의지가 아니라 오직 섭리대로 살아갈 뿐이라는 걸 자연을 보며 또다시 느낀다. 잎은 죽어 없어졌어도 뿌리가 살아있어 다시 싹을 내는 나무와 꽃들을 보면서. 늘씬하게 쭉 뻗어 올라 우아한 흰 꽃을 피우는 스파트, 이 아름다운 꽃을 보는 이로 하여금 착한 심성과 사랑을 느끼게 해 주는 것처럼. 또 연약함을 무릅쓰고 혹독한 겨울 추위도 이겨내며 우리에게 정열의 꽃을 피워 사랑을 주는 시클라멘처럼. 인간은 모름지기 자연自然에서 베풂과 사랑, 행복과

섭리를 배운다. 나도 이처럼 섭리에 순응하며 성실히 살아가리라.

- 수필 「하루의 시작」 중에서

수필 「행복한 골목」은 유연한 문장으로 시간과 공간의 움직임을 보여준다. 마음이 편안하고 행복해진다. 골목길을 걷는 발걸음 움직임에 따라 하루 일상을 시작하며 골목길에 놓인 대상들과 만나고 있다. 수영장이 있는 체육센터까지 걸어가는 10분의 여유가 이처럼 행복을 느끼게 한다. '길 양쪽으로 이어있는 단독주택들이 정情스럽고 약간의 오르막과 내리막이 있는 것도 좋다. 새로 깐 길바닥이 깨끗하고 길 양쪽으로 심어진 푸르고 넓은 감나무 이파리들의 그늘도, 또한 길가 담 쪽으로 보이는 화분들의 꽃나무들로 사계절을 느낄 수 있어 더 좋다.'는 것이다. 그뿐이 아니다. 집집마다 창밖이나 담 밖으로 내놓은 꽃들을 구체적으로 그려내고 있다. 내리막길 끄트머리 손바닥만 한 삼각형 자투리땅에 머물게 되는데 해마다 한 할머님이 가꾸는 싱싱한 상추, 고추, 쑥갓들이 소복하게 자라고 있다. 마치 고향의 정서가 묻어나는 이 골목길 둑 위에는 채송화, 봉숭아, 백일홍, 금잔화, 맨드라미, 분꽃, 찔레꽃들이 피어 있어 골목의 아름다움을 양껏 보여주는 수채화 같은 그림이다.

위에서 언급한 바 있지만 화자는 꽃이 만발한 봄날을 좋아한다. 수필 「하루의 시작」도 꽃들과의 조우이다. 아침에 눈을 뜨면 먼저 베란다의 화초들이 나를 반겨 행복하게 한다는 것이다. 활짝 핀 꽃들의 인사에 답하기 위해 일일이 쓰다듬어 주고 입맞춤 인사로 하루를 시작하고 있다. '시클라멘, 석죽, 아기별꽃, 가시꽃, 구근초 등 스파트와 꽃이 필 때면 공작새의 꼬리처럼 화려하고, 아름다운 계발선인장 등. 난초와 관엽 식물'들이 봄날의 행복 바이러스를 전파하고 있다. 꽃을 좋아하는 사람은 선하다는 말이 있다. 적지 않은 연배임에도 아직 '소녀'이기를 갈망하는 사람이기에 이진숙 수필가는 행복한지 모른다. 어느 한 편의 수필에도 어두움이 없는 까닭 역시 수필 「하루의 시작」에서 침투한 행복 바이러스 때문이리라는 생각이다.

매사에 최선을 다하는 진취적 정신으로 살아온 한 사람의 삶의 내력을 감상했다고 생각한다. 솔직하고 분명하며 풍부한 감성의 이진숙 수필을 읽으며 나무가 혼신을 다하여 피워 올린 꽃 한 송이의 향기를 맡고 있다는 생각을 했다. '노력의 성과로 이룩한 결실이다'라고 쓰인 팻말을 떠올려본다. 더구나 딸 둘과 아들 하나, 삼 남매를 훌륭히 성장시킨 이진숙 수필가는 행복한 사람이다. 큰 손녀는 미국 펜실베이니아 주립대학 4학년이며 장학생이다. 작은 손녀 역시 국제 중, 고등학교를 졸업하고 금년에 캘리포니아 LA에 소재한 대학에 입학한다는 소식이다. 큰 사위는 능력 있는 사업가로 인정받고 있다. 작은딸은 손자 하나만 두었는데 올해 국제중학교에 입학했다. 작은 사위 역시 큰 사위 못지않게 개인 사업가로 성공하여 재미있게 살고 있어 고마워한다. 아내를 여왕처럼 우러르는 두 사위가 있어 든든해 하는 장모의 모습을 보았다. 그토록 간절히 기도하여 얻은 아들 또한 S전자 해외지사에서 근무하다가 귀국하여 교육 공무원인 아내와 초등학교에 다니는 두 아들과 행복한 가정을 꾸미고 있다. 이진숙 수필가는 스스로에게 참 열심히 성실히 살았다고 말한다. 돌아가신 친정 부모님께 부끄럽지 않도록 열심히 살았다는 이진숙 수필가의 삶은 성공한 삶이다. 무엇보다 훌륭한 시인이며 수필가의 위치를 지키고 있는 문인이라는 사실만으로도 행복한 사람임이 틀림없다. 생의 남은 시간보다 더 큰 문인의 길을 구축해 나갈 것이라는 필자의 각오를 믿으며 첫 수필집 출간을 축하드립니다.

이진숙

분위기를 모르는 남자

이진숙 수필집